Eva Demski

Käferchen & Apfel

Kleine Anleitung zum Lesen und Verschlingen

Frankfurter
Verlagsanstalt

Für Annelie und Rudolf

Erste Auflage 1989

Satz: Photosatz Reinhard Amann, Leutkirch
Druck & Bindung:
Franz Spiegel Buch, Ulm
Printed in Germany
ISBN 3-627-10081-6

Inhalt

Anstatt eines Vorworts: Eine Lagebeschreibung

Als ich die Einladung der Universität Paderborn bekam, ein Wintersemester lang den Germanistikstudenten zu erklären, warum sie möglichst viel lesen sollten und welche Lektüre ihnen bekömmlich wäre, war ich geschmeichelt. Zwar hatte ich zwanzig Jahre zuvor eifrig daran teilgenommen, den Respekt vor der Institution Universität und vor allem vor den Professoren mit großem Getöse aus den Köpfen zu fegen – aber etwas war offenbar übriggeblieben davon, irgendwo tief unten im Hirn. Bilder: die amphitheatralischen Bänke der Hörsäle, die mitschreibenden Hände, die gleichmütigen Gesichter. Bilder, die ich nur von unten kannte. Und jetzt der Positionswechsel, die endgültige Verurteilung zum Erwachsensein, unwiderruflich und voller Trauer registriert. Ein Hauch von Unseriosität würzte für mein Empfinden diese Einladung, denn es wurde nicht erwartet, daß ich auf germanistischem Parkett mittanzen sollte – es wäre sowieso ein Gestolper geworden –, sondern irgend etwas anderes, das sich mir zunächst nicht erschließen wollte. Was zum Anfassen? Etwas Widerständiges? Vielleicht die Überführung der

Wirklichkeit in den Hörsaal? Und das alles in der professoralen Attitüde (weil ich da oben stehe, *darf* gar keiner auf die Idee kommen, daß ich vielleicht Quatsch erzähle) – es schien mir zu Anfang eine schauspielerhafte, gleichsam verkleidete Situation. So habe ich versucht zu tun, was ich verantworten kann und womit ich meiner Mitwelt (ohne Hörsaal und Katheder) schon Jahre auf die Nerven gegangen bin: Leuten das Lesen einzureden. In diesem Winter durfte ich diesem Trieb – wenn auch hübsch in Themen gefaßt und ordentlich begründet! – nachgeben. Das Folgende ist dabei herausgekommen, und die kleinen Vorträge haben keinen anderen Sinn, als zu infizieren. Die Büchersucht ist nicht ansteckend genug, man muß ihr nachhelfen und mit der eigenen Manie andere entzünden. Leider ist es nicht so, daß Germanisten die Krankheit der Lesesucht von allein haben oder daß das frühe Auftreten jener merkwürdigen, unheilbaren Krankheit zu eben dieser Berufswahl geführt haben muß – bei einigen habe ich bis zum Schluß nicht herausgefunden, warum sie das Fach studieren.

Die Professoren, besonders Hartmut Steinecke und Friedmar Apel, paßten wenig in mein finsteres Professorenbild, sie saßen unten wie ihre Studenten, hörten zu und lachten zu meinem Erstaunen nur dann, wenn sie wirklich sollten, und nicht etwa das ganze Semester lang. Denn es hätte (immer in Kassel hatte ich eine Stunde Aufenthalt, und immer da schlichen sich mir unangenehme Gedanken in den Kopf!) – es hätte ja auch diese Dichter-Gastvorlesungsreihe eine subtile Rache der Wissenschaft an den Produzenten sein können. (Führen sich mit ihren Büchern und ihren öffentlichen Reden immer so olympisch auf, aber vor hundertfünfzig unbeweglichen Studenten werden sie zu Tanzbären!) Jedesmal in Kassel erfand ich neue Ängste, jedesmal andere, und nie wurden sie bestätigt, sondern mit Freundlichkeit und Gelassenheit zerstreut. Für Nachfolgende, die auch so unter der Bluff-Angst leiden wie ich, wäre vielleicht die Einrichtung einer durchgehenden Verbindung nach Paderborn hilfreich. Es ist nur der einsame Bahnsteig, der einen von Minute zu Minute schrumpfen läßt! Aber dann war doch immer wieder die Neugier da: Ob ich fähig sein würde, meine Liebe zu bestimmten Autoren zu begründen und zu übertragen.

Keinen anderen Sinn hatten die Monologe, keinen anderen die im Buch eingestreuten Textbeispiele. Lesen soll man sie, weiterlesen, verschlingen eben. Nur meine eigenen Vorlieben und Neugierden – auch thematischer, nicht nur personeller Art – haben mich geleitet, keinem wissenschaftlichen Kriterium hielte das stand. Es kommen Bücher vor, von denen jeder schon einmal gehört, die aber kaum jemand je gelesen hat. Da sind Entdeckungen zu machen. Das große Dreigestirn Goethe, Thomas Mann und Franz Kafka kommt kaum vor, hundert andere, die mir wichtig sind, auch nicht. Vielleicht sind es Seitentüren zur Literatur, die ich in diesem Winter einmal aufmachen wollte.

Es heißt, daß fünf Prozent der Gesamtbevölkerung läsen, das sei eine feste Größe, mehr würden es nicht. Mir scheint die Zahl dennoch unglaubwürdig hoch. Das wären nämlich drei Millionen Menschen, die Verleger sind doch schon glücklich (von den Autoren gar nicht zu reden), wenn ein Buch über die Zehntausendermarke klettert! Drei Millionen potentielle Süchtige? Sogar in den geisteswissenschaftlichen Seminaren sitzen Menschen, die beim Anblick eines Buchs von mehr als einem Zentimeter Dicke zerquälte Augen bekommen und einen fragen, ob man denn nicht einmal die Handlung des *Doktor Faustus* kurz erzählen könne? Die Scheu vor dem fetten, sättigenden Buch zugunsten einer Art Nes-Literatur (den knirschenden Böhnchen auf den Riesentellern der Nouvelle cuisine vergleichbar) nimmt zu. Wir haben aber die Nouvelle cuisine in der Gastronomie gesund überstanden und überwunden, deshalb bin ich guten Mutes, daß es auch wieder barockere Literatur zu lesen geben wird. Vorgriffe erscheinen ja immer wieder, und das Jammern über den Zustand der Literatur gehört zu ihr selbst und währet von Ewigkeit zu Ewigkeit. Meine Paderborner Geschichten haben weniger mit der Literatur der Gegenwart als der Gegenwart der Literatur zu tun. Ich bin fröhlich und unsystematisch durch den papierenen Garten gegangen, habe mitgebracht, was mir gefiel und was ich brauchte, ich biete es Ihnen an. Wo dies herkommt, gibt es noch mehr, und die uralte Kinderangst, man werde dereinst alle Bücher »ausgelesen haben«, ist leider längst von der melancholischen Gewißheit abgelöst, daß einem selbst eine üppig bemessene Lebenszeit nicht reichen wird, um auch nur einen Bruchteil der geliebten Droge zu konsumieren.

Es gibt ja, allen Unkenrufen zum Trotz, immer wieder neue. Die langsam Aufblühenden sind vielleicht die besten. Haltbare Ware, haltbarer, als manche Verleger glauben. Sie werden sehen: In der Promenade durch die Literatur und beim Nachdenken über ihre Wirksamkeit geraten wir durch fünf Jahrhunderte – und Sie werden es nicht einmal merken!

I

Erfahrung und Erfindung – oder Wie wirklich ist die Wirklichkeit der Romane?

Denen unter Ihnen, die die Absicht haben, dereinst selber Romane zu schreiben, will ich heute zunächst ein paar thematische Anregungen geben – denn die Seufzer der schreibenden Zunft, man säße allzu oft vor einem weißen Papier und einer stummen Maschine und die Einfälle wollten nicht richtig sprudeln, sind hinlänglich bekannt. Selbst die größten Romanciers waren nicht davon verschont, und vielleicht werden wir am Schluß unserer Veranstaltung darauf kommen, daß es an den Einfällen gar nicht liegt und daß in Wirklichkeit ganz andere, unsichtbare Barrieren für die leidigen Blockaden sorgen. Einfälle also: Ein Zuckerbäcker zum Beispiel, der in Wirklichkeit Hilfsarbeiter war, gründet mit den feinsten Politikern und Industriellen seines Landes (eines kleinen, aber wichtigen europäischen Landes) einen exklusiven Club, dessen Versammlungsort seine Zuckerbäckerei ist. Dort, in der klebrig-süßen Luft des Cafés, das einen alten, mittlerweile verkauften Namen trägt, werden hohe und höchste Staatsämter ausgehandelt, Kredite in die Wege geleitet, außerdem verkehren dort berühmte Schauspielerinnen und Sängerinnen, die in großer Zahl dem Zuckerbäkker ihre ganz intime Gunst schenken. Prominente Ehen werden zusammen- und wieder auseinandergebracht, exotische Jagdgründe gemeinsam aufgesucht, und als dem Zuckerbäcker das Geld auszugehen droht, rüstet er ein großes Schiff aus, belädt es mit neu und bunt angestrichenem Eisenschrott, deklariert und versichert das Ganze als hochwertiges Industriegut und wartet an Land, bis das Schiff sinkt und die hohe Versicherungssumme fällig wird. Das Schiff sinkt auch, eine geringe Anzahl fremdstämmiger Matrosen geht dabei zugrunde, es kommt zu Prozessen, aber die feinen und hochgestellten Freunde des Zuckerbäckers schwören alle, daß er ein Pfundskerl sei, und dabei bleibe man, basta.

Die Geschichte geht noch weiter; irgendwie verschwindet der Zuckerbäcker dann an den fernen Gestaden der Karibik oder so, und Ihnen als zukünftigen Romanciers und Romancièren ist mittlerweile sicher die Lust vergangen, sich einem Stoff so voll von Klischees, tonnenschweren Banalitäten und Unglaubwürdigkeiten zu nähern. Versuchen wir also etwas anderes, eher Bittersüßes, und die Liebe, vor allem die tragische, läßt in ihrer Beliebtheit als Romanthema nicht nach. Kein Computer und keine Gentechnologie wird da – hoffentlich – etwas ändern. Wie also wäre es damit: Ein junger Prinz, Enkel eines zwar republikanisch längst abgehalfterten, aber immer noch geschichtsbeladenen Herrscherhauses, trifft auf einer Waldwiese eine Prinzessin, verarmter, idyllisch auf dem Land großgezogener Adel. Die beiden suchen sich eines ihrer zahlreichen Schlösser aus, feiern eine Hochzeit, die den Märchen der Brüder Grimm den etwas spießigen Platz zuweist, der ihnen gebührt, sie geraten aber in die Hände von falschen Freunden. Auch das kommt im Märchen häufig vor. Hier aber verfügen die falschen Freunde über Mittel, die Liebesraserei und Wollust immer weiter, immer intensiver hinauftreiben. Bald können der Prinz und die Prinzessin nicht mehr ohne diese Mittel sein, und obwohl die Prinzessin gerade vor kurzem eines kleinen Prinzen genesen ist, gehen sie auf dem verhängnisvollen Weg weiter. Eines Abends findet der Prinz seine junge Frau tot im Bett, darauf geht er und erschießt sich, so wie seine Vorfahren es zu tun pflegten, wenn sie Spielschulden oder Ehrenhändel hatten. Die falschen Freunde entpuppten sich als die Söhne und Töchter der Mächtigen dieses Landes.

Nun haben Sie (immer Ihren Roman im Blick) endgültig genug? Ich solle nicht mit solchem Kitsch kommen, für den die Marlitt oder die Paretti sich zu schade wären? Sie wissen längst, worauf ich hinaus will: Meine beiden Themenvorschläge sind Wirklichkeit, und an ihnen kann man, wenn man die Tagespresse aufmerksam liest, feststellen, daß die Wirklichkeit unbrauchbar für den

Roman ist. Sie ist einfach zu dick und wird immer dicker. Ein Flugzeug rast mitten im Frieden in eine Stadt, tötet Menschen, vernichtet Häuser. Das Phänomen, wie in Bruchteilen von Sekunden das Leben von Menschen irreversibel aus der Bahn gerissen wird – auch dies ein Thema, dem man sich nur schrecklich vorsichtig nähern könnte, grade weil es wirklich ist, sehr wirklich. Und obgleich so etwas der Literatur bedürfte, um nicht in kurzer Zeit überdeckt und vergessen zu werden. In wenigen Wochen, zum Beispiel, werden viele von uns die Namen Ramstein und Remscheid nicht mehr recht auseinanderhalten können, es klingt ja auch zu ähnlich.

Eine literarische Möglichkeit hat Thornton Wilder in den frühen fünfziger Jahren sehr erfolgreich ausprobiert: Er beschreibt einige Menschen, die bei einem Brückeneinsturz ihr Leben verlieren. Er geht ihren Leben nach, literarisch, er schiebt uns die einzelnen Personen in die Nähe. Alle hatten miteinander zu tun, ohne es zu wissen. Die Welt ist ärmer ohne diese Menschen – auch ohne das zu wissen.

Wirklichkeit? Es gibt zu viel von ihr, sie ist zu krude, zu üppig, sie ist zu unglaubwürdig, um in der Literatur behandelt zu werden – oder? Vielleicht kommen wir über die Beispiele, die ich Ihnen heute mitgebracht habe, auf Möglichkeiten, wie es dennoch gehen könnte: Eine wirklichere Wirklichkeit zu schaffen in einem stärkeren oder schwächeren Bündel Seiten – das ist durchaus nicht qualitativ, sondern quantitativ gemeint. Eine Wirklichkeit, die mich in sich einläßt, auch wenn sie schon sehr lang her ist. Eine heutige Wirklichkeit, die sich mir entschleiert, an wirklichen Personen manifestiert – kurz, meine, unser aller Wirklichkeit mit den Augen des Dichters. Und das sind die einzigen Augen, die man sich kurzfristig leihen kann, die Augen der Künstler. Es war nicht einfach für mich, unter meinen Göttern zu wählen, unter denen, die aufbewahrt haben – einst und heute.

Natürlich hat es keinen Sinn – nicht für mich und nicht für Sie –, jetzt einen Parforceritt durch die Weltliteratur zu machen und der in ihr enthaltenen Wirklichkeit nachzuspüren. Denn es geht ja nicht darum, Beweise anzuhäufen für etwas, das offensichtlich ist, nämlich daß nicht das Was entscheidend ist oder am Schreibtisch immer wieder zu versiegen droht, sondern daß das Wie uns immer wieder geheimnisvolle Knüppel in den literarischen Weg legt.

Marcel Reich-Ranicki hat einmal gesagt, ganz unten, in den Niederungen der Literatur, gäbe es das *Schloß Hubertus* von Ganghofer (wobei ich finde, daß er mit dem guten Ganghofer ein bißchen hart umgeht). Oben aber, in den klaren, eisigen Höhen der Literatur, hingegen befände sich das Schloß des Franz Kafka. Der Anstieg von dort nach da sei beschwerlich, und so sei es doch zu begrüßen, daß auf halbem Wege Tucholskys Schloß

Gripsholm liege. Nicht nur dieses, möchte ich gern hinzufügen, und welches nun genau auf halbem Wege – oder ein bißchen höher oder tiefer – liegt, wer wollte das so genau beurteilen?

Eichendorffs Schloß Dürande oder Rilkes Duino – nein, Schlösser finden sich genug, nur das einzige von ihnen, das uns heute noch (ich wage die Behauptung) ganz nahe kommen kann, ist jenes des Franz Kafka. Die anderen sind wunderbare Fluchtburgen. Kafkas Schloß beschreibt die sich nicht wandelnde Wirklichkeit.

Welche Beispiele also sollte ich Ihnen geben, um mich nicht hilflos in der Literaturgeschichte – von der ich sowieso, wie alle Autoren, nur wenig verstehen will – zu verheddern? So habe ich mich für vier Beispiele entschieden, die alle vier in verschiedenen Zeiten etwas zu tun haben mit einem viel beschriebenen Teil der Wirklichkeit, viel beschrieben ist er wie viel verschwiegen. Auch die vermeintliche kühle Offenheit, mit der das Thema heute behandelt wird, birgt Tabus und Fallstricke. Hinter der Offenheit im Äußeren kann sich Lüge oder Verlegenheit nach innen verbergen.

Es geht um das Thema Prostitution. Seit der Antike, das ist bekannt, wenden sich die Autoren der sogenannten käuflichen Liebe zu, und die Kurtisanen, Dirnen, Huren oder Maitressen sind ein immer wieder aufscheinendes Thema. – Wie wirklich ist aber hier die Wirklichkeit? Was wollen die Autoren, die ich Ihnen heute vorstelle, durch ihre Frauengeschichten und Käuflichkeitsgeschichten ausdrücken? Denn nicht allein die Psychogramme der einzelnen Frauen (und die sind unterschiedlich, wie Menschen halt sind, von Dumas' edler Kameliendame bis zu Heinrich Manns dumpf-böser Straßendirne aus dem *Professor Unrat*) sind wichtig, sondern die gesellschaftliche Wirklichkeit, die sich an ihnen und in ihnen bündelt. Wir werden sehen, wie durch einen Zeitraum von fast zweihundert Jahren Dinge gleichbleiben (wie die Erkenntnis und Beschreibung von Ausbeutung) und vieles sich ändert. Realismus ist nicht immer gleich Realismus, und der aufgeklärte Maupassant ist in manchem kühler und mitleidloser als der Sozialist und Monarchist Joseph Roth. Aber ich will nichts vorwegnehmen, und meine Meinung muß nicht notwendig die Ihre sein. So lese ich jeweils längere Stücke aus den einzelnen Romanen und Erzählungen. Und ich bitte Sie, nie die Frage aus dem Gedächtnis zu verbannen, wie wirklich die Wirklichkeit sei und wie man ihr erzählend oder sogar dichterisch beikommen kann.

Meine zwei ersten Beispiele stellen die Prostituierte in den Mittelpunkt einer Gesellschaft, die sie zwar produziert hat, sich aber von ihr abwendet, und nur einem Kunstgriff der Autoren (dem Zwischenfall in der Kutsche bei Maupassant und der magischen Verwechslung bei Roth) ist es zu verdanken, daß sich diese bigotte und gleichgültige Gesellschaft gezwungen sieht, ihre »Nachtgeschöpfe«

zur Kenntnis zu nehmen. In beiden Fällen erweist sich die Prostituierte als viel geeigneter, die Regeln der Gesellschaft zu begreifen und (fast ironisch) zu beachten als deren Mitglieder selbst. In beiden Fällen aber wird die Hure letztendlich zerstört. Die Mißachtung, von den Autoren des neunzehnten und frühen zwanzigsten Jahrhunderts nicht mehr romantisiert (wie bei Dumas), sondern sachlich und fast mitleidlos eingeordnet, wendet sich gegen die Gesellschaft selbst und markiert – leise bei Maupassant und lauter, sarkastischer bei Joseph Roth – deren Untergang.

»Das weibliche Wesen, das neben ihm saß – eine von den sogenannten galanten Dämchen –, war berühmt wegen ihrer jugendlichen Leibesfülle, die ihr den Spitznamen *Fettklößchen* eingebracht hatte. Sie war klein, überall rundlich und feist, mit molligen Fingern, die in den Gelenken wie eingeschnürt erschienen und Reihen kleiner Würstchen glichen, hatte glänzende straffe Haut und einen gewaltigen Busen, der sich unter ihrem Kleide vorwölbte, aber sie blieb doch appetitlich und viel begehrt, so vergnüglich war es, sie in ihrer Frische zu sehen. Ihr Gesicht war wie ein roter Apfel, wie eine Pfingstrosenknospe, die eben aufblühen will; darin öffneten sich oben zwei prachtvolle schwarze Augen, die von langen, dichten Wimpern umschattet waren und dadurch noch dunkler erschienen, und unter ihnen ein entzückender, kleiner, zum Küssen feuchter Mund mit schimmernden, winzigen Zähnchen.

Sie hatte – wie es hieß – eine Fülle noch anderer unschätzbarer Eigenschaften.

Sowie man sie erkannt hatte, lief ein Getuschel unter den ›anständigen‹ Frauen um, und die Worte ›Dirne‹, ›öffentliche Schande‹ wurden so laut geflüstert, daß sie den Kopf hob. Dabei streifte sie ihre Nachbarn mit einem so herausfordernden und kühnen Blick, daß sogleich tiefe Stille herrschte und alles die Augen senkte, mit Ausnahme von Loiseau, der belustigt zu ihr hin blinzelte.

Aber bald lebte die Unterhaltung unter den drei Damen wieder auf, die durch die Anwesenheit dieses Mädchens plötzlich zu nahen und fast vertrauten Freundinnen geworden waren. Sie mußten, so schien ihnen, in ihrer Würde als Ehefrauen zusammenstehen gegenüber dieser schamlosen Käuflichkeit; denn die rechtlich eingesetzte Liebe behandelt ihre freie Schwester immer sehr von oben herab.

Auch die drei Männer, die aus einem konservativen Instinkt heraus beim Anblick Cornudets näher zueinandergerückt waren, sprachen von Geldangelegenheiten in einem Tone, aus dem Geringschätzigkeit für die Armen klang. Graf Hubert erwähnte die Schäden, die er durch die Preußen erlitten habe, die Ausfälle, die aus gestohlenem

Vieh und verwüsteten Ernten sich ergeben würden, und redete darüber mit der Sicherheit eines Grandseigneurs und zehnfachen Millionärs, den diese Verheerungen kaum ein Jahr lang in einige Verlegenheit zu setzen imstande sind. Monsieur Carré-Lamadon, der sich als Textilgroßindustrieller beträchtlich heimgesucht fühlte, hatte vorsorglich sechshunderttausend Franken nach den britischen Inseln transferiert, als ›Notgroschen‹, den er sich für alle Fälle ›abgespart‹ habe. Was Loiseau betraf, so hatte er seine Sache natürlich auch geregelt, indem er allen billigen Wein, der ihm im Keller liegengeblieben war, an die französische Verwaltung verkaufte, so daß ihm der Staat eine riesige Summe schuldete, die er in Le Havre abzuheben gedachte.

Und alle drei warfen sich rasche, freundschaftliche Blicke zu. Wenn sie auch unterschiedlichen Standes waren, fühlten sie sich doch verbrüdert durch das Geld, im großen Freimaurerorden der Besitzenden, die mit dem Golde klimpern, wenn sie nur die Hand in die Hosentasche stekken.«

»Als Xandl drei Jahre alt war, lernte Mizzi Schinagl auf einer Bank im Schönbornpark, durch Zufall sozusagen, eine geschwätzige und gefällige Frau kennen, die ihr sagte, es gäbe da ein Haus auf der Wieden, da wäre man gut aufgehoben – und noble

Menschen verkehrten dort – und was wäre schon eine Pfaidlerei – und was wäre das überhaupt schon für ein Leben so, mit einem Kind und unverheiratet und mit einer Pfaidlerei. Was war das für ein Leben? Mizzi Schinagl hatte es schon oft selber gedacht, wörtlich das gleiche.

›Was sind das für noble Menschen, die dort verkehren?‹ fragte Mizzi Schinagl.

›Die nobelsten‹, erwiderte die fremde Frau. ›Namen kann ich Ihnen auch sagen. Ich muß nur die Liste holen.‹

Sie eilte dahin und brachte die Liste.

Die Mizzi wußte selbst nicht, weshalb sie zur Frau Matzner am nächsten Tage ging. Was kümmerte sie die Frau Matzner? Was hatte sie jemals von der Frau Matzner gehört? Es war Sommer, Spätsommer. Es war auch sehr heiß. Verspätete, immer noch leichtsinnige Amseln flöteten auf dem immer noch grünen Rasen, zwischen dem Kopfsteinpflaster. Es schlug sechs Uhr, als sie vor dem Hause der Josephine Matzner stand. ›Josephine Matzner, Masseurin, IIter Stock, dreimal läuten« war unten gedruckt. Sie läutete dreimal.

Ein geradezu niederschmetternder Duft von Maiglöckchen, von Flieder, von Veilchen, von Verbenen, von Reseda schlug Mizzi entgegen. Noch eh' sie wußte, was mit ihr geschah, stand sie in dem sogenannten rosa Salon: aus rosa Seide waren die Vorhänge vor den Fenstern; aus rosa Seide die Vorhänge vor der Tür; aus rosa Rosen bestand die Tapete; in eine Rosenknospe aus Porzellan ging selbst der Knopf der Türklinke aus.

Eines Tages, eines Abends vielmehr, kommt er, der geliebte Taittinger. Seit vielen Jahren ist er im Haus der Josephine Matzner heimisch.

Als er die Mizzi Schinagl in diesem Hause erblickte, war er durchaus nicht erstaunt, wie es wahrscheinlich viele andere Männer an seiner Stelle gewesen wären, sondern er strengte sich an, eine den Umständen angemessene Frage zu finden. Er erinnerte sich nicht mehr, auf welche Weise sein Notar die Mizzi Schinagl abgefunden hatte, ob durch eine Wäscherei, Näherei oder Pfaidlerei. Dagegen glaubte er sich genau erinnern zu können, daß Fräulein Schinagl ein Kind weiblichen Geschlechts von ihm bekommen hatte, und eine höfliche Frage nach dem Befinden dieser Kleinen hielt er wohl für angebracht. ›Grüß Gott!‹ sagte er also. ›Was macht unsere Kleine?‹

›Wir haben einen Buben!‹ sagte die Mizzi, und sie errötete zum erstenmal wieder nach langen Jahren, als hätte sie nicht etwa die pure Wahrheit gesagt, sondern eine Lüge.

›Ach ja, es ist ein Bub!‹ sagte der Baron. ›Entschuldige!‹

Eine Weile später bestellte er Champagner, um mit Mizzi auf das Wohl dieses Buben, seines Buben, zu trinken. Er hörte nicht mehr alles, was die Mizzi vom Buben erzählte. Er hörte nicht, daß er gut untergebracht war bei Frau Schyschka, einer Frau, die zwar aus Bielitz-Biala stammte, aber dennoch durchaus zuverlässig war. Sie verwaltete auch die Pfaidlerei, die ganz gut ging. Insoweit war Mizzi Schinagl zufrieden. Sie trug ein tiefausgeschnittenes, weißes Seidenkleid, und von Zeit zu Zeit nestelte sie an ihrem rechten Strumpfband, offenbar um sich zu überzeugen, daß ihr Geld, ein Zehnguldenschein, den sie heute erworben hatte, noch vorhanden war. Obwohl sie wußte, daß der Baron nur aus Gewohnheit zu der Josephine Matzner gekommen war, begann sie sich nach zwei Gläsern Champagner einzureden, er sei ihretwegen allein gekommen. Alsbald schien es auch dem Rittmeister so, daß er der Mizzi wegen heute den Weg hierher genommen hatte. Der Baron hatte ein kleines Herz, aber es war ebenso schnell gerührt wie vergeßlich. Er mochte die Mizzi noch sehr gerne, und er fragte sich, warum er sie eigentlich verlassen habe. Er begehrte sie sogar, aber es gab nun ein gewaltiges Hindernis: es schien ihm einfach unschicklich, eine Frau zu kaufen, die man umsonst gehabt hatte, sozusagen umsonst, abgesehen von der Pfaidlerei. Es war ebenso unschicklich, wenn nicht noch unschicklicher, eines der anderen Mädchen zu nehmen, sozusagen vor den Augen der Mizzi. In der Hoffnung, daß er dadurch allen peinlichen Überlegungen entgehen könnte, gab er der Mizzi zuerst ein Geldstück, ein goldenes Fünfguldenstück. Sie nahm es in die Hand, spuckte darauf und sagte: ›Gehn wir hinauf, zu mir, ich hab' ein nettes Kabinett!‹«

In den beiden nächsten Beispielen (wobei Kisch, der Reporter, zeitlich gar nicht weit von Roth entfernt ist, aber dem ganz neuen Beispiel Kirchhoff verwandter scheint) ist die Prostituierte selbst gar keine Person mehr, sondern ein Koordinatensystem, in das sich tatsächliche und soziale Krankheiten eintragen. Bei Kisch begreift der Zuhälter nicht, was an seinem Tun verabscheuungswürdig sein soll, die Krankheit ist eine unverdiente Strafe. In Kirchhoffs Text wird raffiniert die Kälte damit heraufbeschworen, daß um die Figur herum die schäbige Welt wie ein Bühnenbild arrangiert wird und den Blick auf die Frau verstellt.

»Ich habe das gar nicht gewußt, wie beneidet man wird, wenn man solche Mädel hat, wie ich hatte, ich wußte gar nicht, daß sich die Welt um die Frauen dreht. Ich war eigentlich noch ganz naiv. Was waren eigentlich diese Kellnerburschen, die jeden Abend ins Bordell liefen und sich noch mit diesen ekelhaften Weibern brüsteten, gegen mich für gehaute Burschen! Ich hatte gar nicht gewußt, was ein Zuhälter ist. Das Lied ist ganz hübsch, das sie mich gelehrt haben. Bis auf die eine Strophe:

›Wenn man den Hirten fängt,
Führt ihn ein Polizist,
Vier Tage gibt man ihm,
Schickt ihn per Schub nach Haus.‹

Na, so schlecht ist es mir nicht gegangen. Mich hat kein Polizist geführt, nicht einmal ein Geheimer, sie haben mich fein vorgeladen, per Schub haben sie mich nicht aus Prag fortschicken können, weil ich ein Prager Kind bin, und sie haben mir nicht vier Tage aufgehalst, sondern nur zwei.

Eigentlich bin ich schon vierzehn Tage in Haft. Mit welchem Recht liefern sie mich in das Spital ein! Wenn ich krank bin, so ist das doch meine Privatangelegenheit. Damit ich niemanden anstecke? Unsinn. Andere Leute haben auch Syphilis. Man sagt, jeder fünfzehnte Mann habe sie, und doch können sie sich behandeln lassen, wann sie wollen oder solange sie wollen. Alle, die hier mit mir im Zimmer sind, sind freiwillig hergekommen. Nur mich haben sie zwangsweise eingeliefert. Wenn ich gesund bin, muß ich wieder auf die Polizei.

Da photographieren und messen sie mich und sperren mich ein, als ob ich ein Verbrecher wäre. Weshalb sperren sie mich ein? Das möchte ich gerne wissen. Weil die Betka zum Haushalt beigetragen hat? Unsinn. Tausend Frauen arbeiten in Fabriken und Geschäften und ernähren ihre Männer, die gar nichts machen. Ich habe doch meine ehrliche Beschäftigung gehabt. Weil ich nicht mit ihr verheiratet war und doch von ihr Geld genommen habe? Das geht doch niemanden etwas an, ob wir verheiratet sind. Dort mein sauberer Herr Mitschüler, der Patzelt, der war auch nicht verheiratet und hat sich von seiner Braut und deren Papa ganz aushalten lassen, und wenn er nicht diese Luderkrankheit gekriegt hätte, oder wenn man es wenigstens nicht gleich gemerkt hätte, hätte er sie geheiratet und wäre Bankier geworden. Weil die Betka mit anderen Männern gegangen ist und ich davon gewußt habe? Was geht das mich an? Wir sind doch nicht verheiratet, und sie kann machen, was sie will. Freilich, wenn ich nicht gewollt hätte, hätte sie sich keine Gäste mitgenommen; aber vor der Polizei bin ich doch nicht für sie verantwortlich. Sollen sie die Betka unter Kontrolle stellen, wenn sie kein Büchel hatte und doch mit Männern gegangen ist, sollen sie sie meinetwegen bestrafen, aber mich sollen sie in Ruhe lassen! Ich bin doch nicht ihr Vormund.

Wenn der Kommissär gewußt hätte, daß ich für fünfzig Kronen mit der Ilonka Varaday war, hätte er erst recht gesagt, daß ich ein Zuhälter sei, und hätte mich noch länger eingesperrt. Weshalb? Ein Mann kann sich jedes Weib kaufen, und wenn ein Weib sich einen Mann kauft, wird der Mann eingesperrt. Dabei kann ein Frauenzimmer das Geld tausendmal leichter verdienen als ein Mann, die Männer geben ihr doch, was sie wollen. Diese ungarische Kreatur hat doch Geld verdient, bis es nicht mehr schön war, und weil sie auf mich Schneid gehabt hat, so hat sie mir Geld angeboten. Wie ich es gebraucht habe, bin ich halt zu ihr gegangen. Zum Vergnügen habe ich es nicht getan. Sie ist mir vom ersten Tag an mit ihren Flascherln und Mixturen und mit den rötlichen Flecken auf der Haut verdächtig vorgekommen, sonst hätte ich mir gleich den versprochenen englischen Anzug verdient. Die fünfzig Kronen habe ich teuer bezahlt. Da liege ich nun schon vierzehn Tage und werde vielleicht noch einen Monat daliegen, hingestreckt auf dieses Kavallett im Spital, verseucht und verfault fürs ganze Leben, Geschwüre auf der Haut und im Mund, und meinen Posten habe ich auch schon verloren. Alles für die fünfzig Kronen. Das ist ärger als der Unfall des alten Hejl. Es sollte auch in der Zeitung stehen, das wäre ein Jux! Fünf Zeilen und als Titel wieder: ›Risiko der Arbeit‹. ›Riskonto der Arbeit‹ würden es die blöden Lotterieschwestern von der Insel Kampa lesen. Jetzt muß ich selbst über meine Seuche lachen.«

»Wenigstens einmal pro Woche sehe ich die Hinkende, verfolge ihren Gang und mache mir dazu Gedanken, das ist die kleine Form des zweiten Höhepunktes; oder rede sie, von Zeit zu Zeit, sogar an, so, als sei es stets das erste Mal, und sie behandelt mich entsprechend, das ist die große Form des zweiten Höhepunktes.

Sie hat mich schon entdeckt, tut, als ob nichts sei, und ich bin fest entschlossen: Heute rede ich sie wieder an, nach vierzehn Tagen Pause. Ich trete vor sie und frage: Was solls denn kosten..? und sie sagt wie schon hundertmal: Dreißig plus zwanzig fürs Zimmer.. Mit Anfassen..? will ich noch wissen, und sie nickt und wirbt dabei für sich: So richtig nett, wir haben Zeit..

Kurzes Schweigen. Ich schaue ihr auf die Hose und will sagen: Gut, ich überlegs mir.., sage aber ganz was anderes – und folge ihr hinauf.

Das Zimmer ist korrekt. Ein vollständiges Pensionszimmer mit zwei Betten, einer Waschgelegenheit mit Spiegel, Nachttischchen und Kleiderschrank. Ich gebe ihr fünfzig Mark und geh dann zu der Nachttischlampe, um sie aufzurichten. Um mehr Licht zu haben, um besser sehen zu können; um mehr zu haben für mein Geld. Dabei fällt die Lampe zu Boden und erlischt. Selbstverständlich glaubt sie jetzt, ich wollte sie erschlagen, und ich sage daher: Das war ein Zufall, ich will dir nichts tun.., hebe die Lampe auf und drücke das Knöpfchen, aber nichts passiert; die Birne ist kaputt gegangen. Das mußt du ersetzen.., höre ich sie aus dem Dunkeln, während ich nach einem Schalter taste für das Deckenlicht. Es ist stockfinster, denn das Zimmer führt nach hinten raus, und ich stelle mir vor, daß sie vielleicht mich erschlagen könnte, nur um mir zuvorzukommen.

Nach einem langen, entsetzlichen Zeitraum fühle ich den Schalter und tippe ihn an. Das Deckenlicht ist so grausam wie die Dunkelheit. Ich drehe mich um – und sehe, daß sie nackt ist, nahezu, bis auf ihre schwarzen Strümpfe. Sie liegt auf dem Bett und hat das eine Bein fest angezogen, das Hinkebein, und jetzt weiß ich endlich, wie es aussieht: Das Bein ist dünn wie ein Arm. Ich gehe zum Waschbecken, wasche mir die Hände und rolle dabei. Der linke Bizeps ist ein bißchen ausgeprägter als der rechte.

Und jetzt..? fragt sie von rückwärts. Soviel Zeit hab ich auch nicht..

Ich spanne die Brust, doch auf der linken Seite tut sich nichts, bloß ein minimales Zucken, und ich knöpfe mir das Hemd auf und schau nach. Zwischen Schulter und Warze eher eine leichte Senke als das Gegenteil davon. Ich gehe ganz nah an den Spiegel heran, so daß die Nase vorne fast berührt, reiße den Mund auf, suche die Lücke.

In eines meiner Brillengläser fällt ein Haar. Ich nehm sie ab und blase es weg. Nun kommt es schon vor, daß ohne jedes Zutun von außen, wie Waschen oder Frisieren, sich plötzlich ein Haar löst und ausfällt.

Also was is.. Willst du jetzt was..?

Ich drehe mich kurz um und schaue ein Stückchen daneben. Für wie lang hat man dich für fünfzig Mark.. ich meine, wie lange kann man bestehen auf deiner Anwesenheit..?

Normalerweise.. eine Viertelstunde.

Und wie lang bin ich jetzt hier.. ich meine wir..?

Sie guckt auf die Uhr.

Mindestens zehn Minuten.

Gut.., sage ich und sehe wieder in den Spiegel. Dann habe ich noch fünf Minuten Zeit.

Aber sie löchert mich weiter, gibt keine Ruhe. Was willst du.., höre ich sie hinter mir. Wenn du magst, kann ich dich.. Gar nichts, unterbreche ich sie.

Dann bist du also nur mit hoch, um dir die Finger hier zu waschen..

Und ich sage ja, und sie verläßt das Bett. Zieht sich kopfschüttelnd an, und ihr Bein erscheint im Spiegel; gestreckt wirkt es noch dünner. Schließlich raucht sie eine, und ich rolle unauffällig, nach wie vor getarnt durch Händewaschen. Und dazu schweigen wir beide, bis sie anfängt zu drängen. Ich komm ja auch wieder.., lüg ich sie an; denn fest steht, daß die Hinkende gestorben ist für mich. Wir gehen noch zusammen runter, und ich fixiere sie zum Abschied. Machs gut, sag ich, und sie zu mir: Du auch. Danach verschwinde ich in Richtung Main. Denke an das eine und das andere und zerstreue mich auf diese Weise.«

Diese Wirklichkeit wäre den meisten von uns – gäbe es die Literatur nicht – aus nicht nur historischen Gründen versperrt. Auf tausend Arten läßt die Literatur Einblicke auch in entlegenste Gegenden zu. Sie verdammt den Voyeur nicht, aber – auch das beweisen, denke ich, die zitierten

Texte – sie narrt ihn gelegentlich, indem sie ihn unversehens und mit dem sanften Zwang der Sprache zum Mitleidenden macht. Dafür braucht man sie auch, um mit-leidend zu werden (natürlich auch mit-freuend oder sogar schadenfroh!) stark beteiligt selbst an Ereignissen, deren Gang man nicht mehr zu beeinflussen vermag. Die Prostituierten-Beispiele habe ich ausgesucht, weil sie gerade an ihnen gut zu sehen ist: Die Verführungskraft der Literatur, die aus dem Voyeur einen Mitleidenden macht, der sich nicht mehr abwenden kann, auch wenn er das möchte. Noch einmal will ich an dieser Stelle betonen, daß die Zitate Ihnen nicht genügen dürfen: Das Schicksal des Fettklößchens und ihrer literarischen Schwestern duldet es nicht, daß Sie sich mit Ausschnitten begnügen! Vielleicht ist diese Art, Literatur unter einer thematischen Synopse zu betrachten, wissenschaftlich nicht zulässig oder ergebnisträchtig, das ist mir egal. Ich weiß nur: Wenn man sich Liebes-Todes- oder Angst-Szenen, sagen wir, von Euripides über Grimmelshausen und Novalis bis – jetzt sage ich einfach: bis jetzt, um keinen Kollegen zu vergrätzen! – ansieht, wird einem das Verbindende und das Trennende in der Generationskette klarer als durch jedes Geschichtswerk vor Augen geführt – es sei denn, der Historiker bedient sich der Mittel des Romans, als Beispiele seien stellvertretend Feuchtwanger und Marguerite Yourcenar genannt. Sie sehen, der Lesestoff geht nicht aus!

II

Die älteste Frage – oder Kann Literatur die Welt verändern?

An unserer heutigen Fragestellung ist alles falsch, und weil ich sie mir ja selber ausgesucht habe, diese falsche Frage, ist es an mir zu begründen, warum ich das tat. Vielleicht werden wir über eine falsche Frage zu ein paar richtigen Antworten kommen, das geschähe ja nicht zum erstenmal. Kann Literatur die Welt verändern? Darauf könnten wir jetzt ganz einfach: Nein! sagen, damit wäre das vom Tisch, und wir könnten nach Hause gehen und vielleicht was lesen. Stünde jetzt jemand anderer an meiner Stelle hier, wäre es möglich, daß Sie ein kräftiges: Ja! hörten, und dann würden Sie einige Beispiele angeführt bekommen, übrigens die gleichen Beispiele, die ich in Kürze hier anführen werde. Bücher haben die Welt verändert. Bücher haben sie nicht verändert, und wenn es doch danach aussah, waren es Bücher, die etwas in Gang setzten – scheinbar in Gang setzten –, aber noch lange nicht Literatur, nicht unbedingt.

Die Welt, das wissen wir, ist relativ alt. Lesen und Schreiben sind, selbst für eine erdgeschichtlich so junge (wenn auch äußerst verhängnisvolle) Spezies wie den Menschen, sehr junge Kulturtechniken.

Wenn wir uns vergegenwärtigen, daß wir, all diese Milliarden von unverwechselbaren Einzelwesen hienieden, viel weniger als ein Seufzer der Erdgeschichte sind (und nur von ihr wollen wir reden, denn die Geschichte des Universums können wir gar nicht denken) und ganz am Ende dieses winzigen Seufzers, der vielleicht bald ausgeseufzt ist und wie das Diluvium zu den Erdakten gelegt werden wird: Wenn wir uns also überlegen, daß Lesen und Schreiben erst eine unbegreiflich kurze Zeit existieren und von einer verschwindenden Minderheit auf dieser Erde beherrscht werden – sage ich, beherrscht? Auch schon wieder übertrieben! Also besser, daß nur eine verschwindende Minderheit sich dieser Kulturtechnik überhaupt bewußt ist, wird unsere Themafrage noch absurder. Aber gerade das Absurde erhält für den Literaten einen eigenen Reiz, für diese seltsame Unterart der Gattung Mensch, die, kaum daß sie auf der Erdbühne erschienen ist, schon wieder zu verschwinden droht und, als wüßte sie das, eine Unmenge von papiernen Früchten hervorbringt. Diese verschwindend geringe, lächerliche Gruppe von Menschenwesen, bei denen noch nicht einmal geklärt ist, ob es sich bei den Schreibenden um Parasiten oder Wirtstiere handelt, oder ob nicht etwa die Lesenden die eindeutigen Parasiten sind (und welcher Untergattung gehören die Kritiker an? Ein winziges, wirkungsloses Völkchen mit starkem Panzer und hervorragend an die Umgebung angepaßten

Tarnfarben!), diese Marginalie menschlicher Entwicklung wirft tatsächlich immer wieder die Frage auf, ob sie mit ihren wahllosen Hervorbringungen etwa die Welt verändern könne. Das, gerade das, macht die absurde Frage so interessant: Jene seltsame, rührende Anmaßung, das Mikrokosmische, das den Makrokosmos wie selbstverständlich für sich vereinnahmt, und während alles seinen gleichmütigen Gang geht, eben jenen Gang zu beeinflussen, ja, zu wenden vermeint.

Marcel Reich-Ranicki hat einmal in einem anderen, selbstverständlich aber literarischen Zusammenhang das Bild vom Käferchen gebraucht, das sich einbildet, der Apfel falle just deshalb vom Baum, weil der Käfer auf seinem Zweig angekommen sei. Käfer und Apfel, meinte Reich-Ranicki, haben natürlich nichts miteinander zu tun, so wie Welt und Autor einflußlos zueinandergeordnet bleiben. Das zweite habe ich jetzt hinzugefügt, weil der verehrte Zitierte sich oft so zu verhalten pflegt, als traue er in Wahrheit dem Käferchen die Bewegung und den Absturz selbst einer Melone zu – wenn es sich nur um das richtige Käferchen handelt.

Vielleicht hat er ja recht? Inmitten dieser kleinen, überschaubaren Schreib- und Lesewelt *mag* er recht haben, er und all jene, die nicht akzeptieren wollen, daß in diesem oder jenem Paket aus Papier und Druckfarbe eine neue Glücksmöglichkeit, eine neue Nachdenklichkeit verschnürt ist und nur darauf wartet, ausgepackt zu werden und im Leserhirn zu erblühen wie eine von den japanischen Blumen, die erst im Wasser ihre Farben bekommen. Ich gehöre auch zu denen, die das idiotischerweise glauben. Zu leicht ergeben wir uns der Erkenntnis der eigenen Wirkungslosigkeit, und das Engagement in der Literatur und für die Literatur erhält seine Rechtfertigungen meist an Ecken, an die niemand gedacht hätte. Literatur und Engagement, der gefährliche Begriff aus der Zeit nach der Studentenrevolte 68, ließ die irrige Meinung entstehen, man brauche etwas nur zu schildern, nur abzuschreiben, und schon würden aus Lesern und Tätern bessere Menschen.

Einige der Bücher aber, die entstanden sind, weil eine Autorin oder ein Autor das Bestehende nicht mehr aushielten, weil sie eine Form dafür suchten und fanden, wie sie ihre Erkenntnis verfügbar machen könnten, werden wir uns anschauen. Ich will heute nur über jene Bücher sprechen, die immer zitiert werden, seit die bewußte falsche Frage aufgetaucht ist; ich habe sie neu gelesen, denn diese Bücher haben das Schicksal, in aller Munde, aber in niemandes Kopf zu sein. So eine Berühmtheit ist die Amerikanerin Harriet Beecher-Stowe, deren Roman *Onkel Toms Hütte* zum festen Bestand jener Diskutanten gehört, die von der Spreng- und Schubkraft literarischer Arbeit unerschütterlich überzeugt sind. Die Abschaffung der Sklaverei wird diesem Buch gutgeschrieben, und Abraham Lincoln selbst soll zu Beecher-Stowe gesagt haben, sie sei wohl jene kleine Frau, die diesen großen Krieg angezettelt habe.

Eines ist ganz sicher: Die Sklaverei wäre auch abgeschafft worden (soweit sie es überhaupt ist, aber das ist wieder ein anderes Kapitel), wenn dieser rührende Roman nicht erschienen wäre – und dennoch hatte das Buch einen Anteil, dem wir ein bißchen nachspüren und womöglich sogar Schlüsse ziehen wollen auf die heutigen Möglichkeiten literarischer Arbeit. Ganz klar, daß zu Beecher-Stowes Zeiten die Literatur noch größere Aufgaben zu erfüllen hatte als heute – oder andere, vielfältigere. Das Buch schlug ein, weil die Autorin Bilder vor die Leser zu stellen wußte, Bilder von großer Eindringlichkeit, geschrieben mit einem ehrlichen Zorn und großer Anteilnahme für die Beschriebenen – kurz: ein im klassischen, simplen Sinne engagiertes Buch.

Damals konnten, besonders in den Nordstaaten der Vereinigten Staaten, viele Leser mit Fug und Recht sagen: »Das habe ich nicht gewußt!«, als sie die Reflexionen der Sklavenhändler und die Qualen der flüchtenden Sklaven, der von der Seite ihrer Mutter weg verkauften Kinder in einem Buch lasen. Etwas nicht gewußt zu haben und durch Lektüre nicht mehr aus dem Gedächtnis zu bekommen: das ist eine der vertrackten Arten, wie Literatur die Welt verändern kann: die Welt in jedem einzelnen, und auf den kommt es, entgegen aller anderslautenden Aussagen, entscheidend an.

Angeblich hat kein Deutscher je *Mein Kampf* gelesen. »Die dort postulierte Vernichtung von Slawen und Juden wäre doch, hätte man je von diesen Vorhaben gewußt, nie zustande gekommen!« So, wenn wir diesem gar nicht so abwegigen Einschub noch einen Moment folgen wollen, hat ausgerechnet hierzulande ein Buch deshalb düsterste Geschichte gemacht, weil keiner es gelesen hat. Ich glaube das nicht. Ich glaube vielmehr, daß viele es gelesen hatten und einverstanden waren. Daran teilzuhaben, was in diesem Werk vor-geschrieben wurde, schreckte nur sehr wenige. An der Sklaverei mitschuldig geworden zu sein schien nach Lektüre des Buches von Harriet Beecher-Stowe viele nicht mehr zur Ruhe kommen zu lassen, das war der Unterschied. Daraus läßt sich ein vielleicht gewalttätiger, aber nicht ganz abwegiger Schluß ziehen: Unheil, das in der Zukunft geschehen wird, das (wie in *Mein Kampf*) der Autor sogar selbst anzurichten verspricht, wird nicht gebannt. Das Mörderbuch und die Stimmen der Warnenden, denn auch die gab es (aber sie wurden nicht von den gleichen Leuten gehört und gelesen), blieben offenbar wirkungslos. Nur, wenn das Kind bereits im Brunnen liegt, kann die Literatur dabei helfen, es wieder herauszuziehen.

Es gibt dafür Tausende von Beispielen. Die Bücher jener schwarzen Radikalen wie Fanon und

Cleaver waren selbst zu ihren Hoch-Zeiten bei weitem nicht so erfolgreich wie das Tränenbuch der Weißen Harriet Beecher-Stowe. In den schwarzen Büchern, die ganz nebenbei bewiesen, daß die gefeierte Abschaffung der Sklaverei ein weißer Mythos ist, kommt zu viel zukünftiges Unheil, eigentlich abwendbares Unheil vor. Soviel ich weiß, hat keiner sich drangemacht, etwas zu verhindern, bevor es passiert. Das gleiche Schicksal trifft die zahllosen Bücher, die davon handeln, was geschehen wird, wenn wir weiter mit Wasser, Wald, Luft und Erde, Vieh und Mensch so verfahren wie jetzt. Ganze Wälder sind für das Papier dahingesunken, das für die warnenden Bücher gebraucht wurde. Wirklich wirksam wird erst jener späte, zukünftige Dante oder Homer sein, der sich mit dem letzten verbliebenen Schreibcomputer auf verstrahlte Trümmer hockt und aufzeichnet, was geschehen ist und wie das Verhängnis seinen Lauf genommen hat. Vielleicht wird er dann auch ein gutes Wort finden für jene Heerscharen von Kassandras, die es ja immer schon wußten, aber denen man eben nicht zugehört hatte. Beecher-Stowe gab einer Sache einen gar nicht hoch genug einzuschätzenden Stoß, die sowieso schon in die richtige Richtung zu laufen begonnen hatte. Kann die Literatur die Welt verändern? Wer wollte das jetzt noch allen Ernstes fragen? Und wenn – wie kann sie? So: populär und nicht theoretisch, rührend und irrational und nicht zuletzt das, was wir früher »affirmativ« nannten:

»Gegen elf Uhr am nächsten Morgen sammelte sich eine bunte Menge um die Freitreppe des Gerichts. Man rauchte, kaute Tabak, spuckte, fluchte, unterhielt sich und wartete auf den Beginn der Auktion. Die zu verkaufenden Männer und Frauen standen in einer besonderen Gruppe abseits und sprachen leise miteinander. Die unter dem Namen Hagar angezeigte Negerin war, dem Gesicht und der Gestalt nach, eine echte Afrikanerin. Sie mochte sechzig Jahre alt sein, aber schwere Arbeit und Krankheit hatten sie älter aussehen gemacht. Sie war halb blind und von der Gicht ein wenig verkrüppelt. Neben ihr stand ihr einziger noch verbliebener Sohn Albert, ein hübscher vierzehnjähriger Junge mit hellen Augen. Die übrigen Mitglieder der vielköpfigen Familie waren nach und nach flußabwärts verkauft worden. Die Mutter hielt sich an ihrem Jüngsten mit zitternden Händen fest und sah jeden, der herankam, um ihn zu taxieren, mit Unruhe an.

›Fürchte dich nicht, Tante Hagar‹, sagte John, der älteste von den Leuten, ›ich habe mit Master Thomas gesprochen, und er meint, es ließe sich wohl machen, euch beide zusammen zu versteigern.‹

›Sie sollen nicht sagen, ich sei zu nichts mehr nütze‹, sagte sie und hob ihre zitternden Hände. ›Ich kann noch kochen und waschen und scheuern – es lohnt sich noch, wenn ich billig weggehe; sage ihnen das‹, setzte sie dringlich hinzu.

Haley hatte sich nach vorn gearbeitet sperrte John den Mund auf und sah hinein, befühlte seine Zähne, ließ ihn aufstehen und sich geradestrecken, den Rücken biegen und verschiedene Bewegungen machen, die seine Muskeln zeigten; dann ging er zu dem nächsten und machte mit ihm das gleiche. Zuletzt besah er sich den Knaben, befühlte seine Arme, hob seine Hände gerade, besah sich die Finger und ließ ihn springen.

›Er soll nicht ohne mich verkauft werden‹, sagte die Alte mit leidenschaftlichem Eifer; ›er und ich werden zusammen versteigert; ich bin noch stark, Master, und kann noch viel arbeiten – sehr viel, Master.‹

›Auf Plantagen?‹ sagte Haley mit einem geringschätzigen Blick. ›Wer's glaubt!‹ Und als wäre er befriedigt von seiner Prüfung, blieb er, die Hände in den Taschen, die Zigarre im Munde und den Hut auf eine Seite gerückt, zum Bieten bereit stehen.

›Was meint Ihr zu dem Handel?‹ sagte ein Mann, der Haleys Untersuchungen aufmerksam gefolgt war, als ob er sich nach seinem Urteil richten wollte.

›Na‹, meinte Haley und spuckte aus, ›ich denke, ich werde auf den Jüngeren bieten und auf den Knaben.‹

›Sie wollen den Knaben und die Alte zusammen verkaufen‹, sagte der Mann.

›Das wird schwerhalten; sie ist nicht das Salz in der Suppe wert.‹

›Ihr nehmt sie also nicht?‹ sagte der Mann.

›Da müßte man ja ein Narr sein. Sie ist halb blind, krumm von der Gicht und obendrein noch verrückt.‹

›Manche kaufen diese alten Weiber und finden, daß sie viel mehr aushalten können, als man gedacht hat‹, sagte der Mann nachdenklich.

›Kein Geschäft‹, sagte Haley, ›nähme sie nicht geschenkt – ich hab sie mir angesehen.‹

›Na, 's ist eigentlich schade, sie nicht mit ihrem Sohn zu kaufen – sie scheint sehr an ihm zu hängen. Wenn man sie billig zugibt?‹

›Wer sein Geld wegwerfen will, kann's ja machen. Ich biete auf den Jungen als Plantagenneger.‹

›Sie wird sich's sehr zu Herzen nehmen.‹

›Natürlich‹, sagte der Sklavenhändler kaltblütig.

Das Gespräch wurde durch ein geschäftiges Summen in der Versammlung unterbrochen; der Auktionator, ein kleiner, rühriger, wichtigtuender Kerl, drängte sich durch die Versammelten. Die Alte atmete schwer und drängte sich an ihren Sohn.

›Halt dich nur zu deiner Mammy, Albert – sie verkaufen uns zusammen.‹

›O Mammy, ich fürchte, sie tun's nicht‹, erwiderte der Knabe.

›Sie müssen, Kind, es wäre sonst mein Tod‹, sagte die Alte heftig.

Die Stentorstimme des Auktionators, der die Umstehenden aufforderte, Platz zu machen, zeigte an, daß die Versteigerung beginnen sollte. Bald war in der Mitte ein Raum frei, und das Bieten begann. Die Neger wurden zu Preisen losgeschlagen, die eine ziemlich lebhafte Nachfrage anzeigten; zwei hatte Haley gekauft.

›Nun, Junge‹, sagte der Auktionator und berührte den Knaben mit dem Hammer, ›steh auf und zeige, wie du springen kannst.‹

›Bieten Sie uns beide zusammen an – bitte, Master‹, sagte die Alte und klammerte sich an ihren Knaben.

›Loslassen!‹ fuhr der Mann sie an und stieß ihre Hände weg. ›Du kommst zuletzt dran. Nun, Schwarzer, spring!‹ rief er und schubste den Knaben auf die Plattform.

Seine hübsche Gestalt, seine kräftigen Glieder und sein offenes Gesicht veranlaßten sofort ein Wettbieten, und ein halb Dutzend Angebote wurden gleichzeitig gemacht. Von allen Seiten kamen die Gebote, bis der Hammer fiel. Haley hatte ihn erstanden. Der Auktionator schob ihn von der Plattform hinunter seinem neuen Herrn zu; aber der Neger blieb einen Augenblick stehen und sah sich nach seiner alten Mutter um, die, an jedem Gliede zitternd, ihre schwachen Hände nach ihm ausstreckte.

›Kauft mich auch, Master, dem Herrn zuliebe! – Kauft mich! 's ist mein Tod, wenn Ihr's nicht tut!‹

›Es wäre mein Tod, wenn ich's täte‹, sagte Haley. ›Nein!‹ Und er drehte sich um.«

Nachzutragen wäre noch: Ich habe das berühmte Buch nach längerem Suchen des Buchhändlers (doch, da gibt's irgendwie eine Taschenbuchausgabe!) in der Jugendbuchabteilung entdeckt. Dagegen ist ja auch gar nichts einzuwenden.

Das nächste Beispiel eines Buches, dem man die Kraft, am Gang der Welt etwas zu ändern, zugetraut hatte und das auch mehr zitiert als gelesen wurde, ist Bertha von Suttners berühmte autobiographische Geschichte *Die Waffen nieder!* Sie war ebenso erfolgreich wie die Beecher-Stowe, ist auch viel mit ihr verglichen worden. Tolstoi zum Beispiel verlieh in einem Brief an sie seiner Hoffnung Ausdruck, daß ihr Buch zur Ächtung des Krieges einen so entscheidenden Beitrag leisten möge wie Beecher-Stowe zur Ächtung der Sklaverei. Daß das nicht geschehen ist, brauchen wir nicht erst zu betonen.

Die Weltkriege hat sie gar nicht beschrieben. Sie zeichnet ihre Erfahrungen zwischen 1864 und dem deutsch-französischen Krieg 1870/71 auf. Kein Zufall: wieder eine Frau, wieder eine aus privilegierten Kreisen – und wieder eine, die den Mut hat, gegen den Strich zu denken und für ihre Zeit unerhörte Gedanken und Urteile aufzuschreiben. Das Buch der Bertha von Suttner ist (wenn man die zeitbedingten Sprach- und Gefühlsverzierungen wegnimmt) ein ungemein mutiges und spannendes Buch. Und es macht eins klar: Jene entfernten Kriege, Konflikte, deren Anlässe längst versunken und vergessen sind, waren für den einzelnen kein Jota weniger grauenhaft als Hiroshima oder Stalingrad. Die Suttner beweist uns das, und ihre Abscheu und ihre öffentliche Anklage galten der »Staatsraison«, dem verordneten Morden und Ermordetwerden. Sie stellt – wie Beecher-Stowe – die Klassenordnung nicht in Frage, davon ist sie weit entfernt. Auch sie befaßt sich wenig mit Theorie, was sicher ein Teil ihres Erfolges war. Ich benutze den Vergleich mit allem Respekt: Johannes Mario Simmel hat mit seinem letzten Roman wahrscheinlich mehr Leuten die Gefahren der Gentechnologie klargemacht als ein Dutzend kritischer Wissenschaftler oder hundert Journalisten.

Kann Literatur die Welt verändern? Anders gefragt: Erreicht Literatur die Täter, von denen sie handelt? Macht sie wenigstens die potentiellen Opfer hellhörig? Bewaffnet sie die Sprachlosen mit Sprache? Gibt sie den Resignierten Mut, dem, der sich allein wähnt, die Gesellschaft, die er braucht? Vielleicht? Manchmal? könnte die Antwort heißen. Bertha von Suttners Beschreibung der Kriegsverletzten hat damals einen dichten Vorhang von Kriegsverherrlichung, Ahnungslosigkeit und nationalistischer Verblendung zerrissen, und sie traf auf viele offene Ohren. Sie gab einem Gedanken, einem begonnenen Unbehagen Stimme – wenigstens für kurze Zeit. Das andere, reaktionäre Potential war natürlich doch stärker; das ist, bei wachsender technischer Perfektion, bis heute so geblieben. Die Waffen nieder? Aktueller kann kein Titel sein. (Goethe haben wir eine Schlachtbeschreibung zu verdanken, die jedem Lesenden klarmacht, daß Krieg zu verachten, zu vermeiden sein muß – und daß das Sterben immer grausam schwer und entsetzlich war, daran hat sich nichts geändert. Das Töten ist allerdings viel leichter geworden: Ich meine die Beschreibung der Schlacht bei Valmy.) Aber wer las das schon? Die Suttner haben mehr gelesen: Was hat das geholfen? Und dennoch: Was sie geschrieben hat, mußte geschrieben werden, und ihr großes, persönliches Leid hat sie nicht als gottgewollt hingenommen, sondern als von Machtinteressen und Verblendung verursacht begriffen.

Der äußere Erfolg blieb ihr nicht versagt; sie bekam 1905 den Friedensnobelpreis, und ihre pazifistische Liga hatte großen Zulauf. Im Juni 1914 ist sie, einundsiebzig Jahre alt, gestorben. Zwei Monate später begann der bis dahin größte Krieg der Geschichte, und der veränderte die Welt nachhaltig.

»Bis zur Abfahrt war noch eine Stunde. Ich wollte den Wartesaal aufsuchen, aber jeder verfügbare Raum war in ein Hospital verwandelt. Wo man hinblickte, überall kauernde, liegende, verbundene, bleiche Gestalten. Ich mochte nicht hinschauen. Das bißchen Energie, das ich besaß, das mußte ich mir auf meine Fahrt und auf deren Ziel aufsparen. Von aller Kraft, allem Mitgefühl, aller Hilfsleistungsfähigkeit, die mir zu Gebote stand, durfte ich hier nichts ausgeben; das gehörte nur ihm – ihm, der mich rief.

Es war indes kein Winkel zu finden, wo mir der Jammeranblick erspart geblieben wäre. Ich hatte mich auf den Perron geflüchtet, und dort mußte ich gerade das ärgste mit ansehen: Die Ankunft eines langen Zuges, dessen sämtliche Waggons mit Verwundeten gefüllt waren, und die Abladung der letzteren. Die leichter Blessierten stiegen selber aus und schleppten sich vorwärts, die meisten mußten aber unterstützt, oder gar getragen werden. Die verfügbaren Tragbahren waren gleich besetzt, und die überzähligen Patienten mußten bis zur Rückkunft der Träger einstweilen auf den Boden gelagert werden. Vor meine Füße, auf dem Platze, wo ich auf einer Kiste saß, legten sie einen hin, der unausgesetzt ein gurgelndes Röcheln ausstieß. Ich beugte mich herab, um ihm ein teilnehmendes Wort zu sagen, aber entsetzt fuhr ich wieder zurück und verbarg mein Gesicht in beide Hände – der Eindruck war zu fürchterlich gewesen. Das war kein menschliches Angesicht mehr – der Unterkiefer weggeschossen, ein Auge herausquellend... dazu ein erstickender Qualm von Blut- und Unratgeruch... Ich hätte aufspringen und fliehen mögen, doch ward mir totenübel und mein Kopf fiel an die hinter mir liegende Mauer zurück. ›O, ich feiges, kraftloses Geschöpf!‹ – schalt ich mich – ›was suche ich hier in diesen Jammerstätten, wo ich nichts – nichts helfen kann... wo ich solchem Ekel unterliege‹... Nur der Gedanke an Friedrich raffte mich wieder empor. Ja, für ihn, auch wenn er in solchem Zustande wäre, wie der Elende zu meinen Füßen, könnte ich alles ertragen – ich würde ihn noch umfangen und küssen, und aller Ekel, alles Grauen versänke in das eine allbesiegende Gefühl – in Liebe – ›Friedrich – mein Friedrich, ich komme!‹ wiederholte ich halblaut diesen einen fixen Gedanken, der mich seit der Ankunft des Bresserschen Briefes erfaßt und nicht mehr losgelassen hatte.

Eine furchtbare Idee durchflog mein Hirn: Wie, wenn dieser – Friedrich wäre? Ich sammelte meine Kräfte und blickte noch einmal hin: Nein, er war es nicht.

Die bange Wartestunde war doch auch vorübergegangen. Den Röchelnden hatten sie fortgetragen. ›Legt ihn dort auf die Bank‹, hörte ich den Regimentsarzt befehlen, ›den da kann man nicht mehr ins Spital bringen – er ist schon dreiviertel tot.‹ Und doch – diese Worte mußte er noch verstanden haben, der Dreiviertel-Tote, denn mit einer verzweiflungsvollen Gebärde hob er beide Arme zum Himmel.

Jetzt saß ich im Waggon mit den beiden Ärzten und vier barmherzigen Schwestern. Es war erstikkend heiß und der Raum war mit einem Duft von Hospital und Sakristei – Karbol und Weihrauch – erfüllt. Mir war unsäglich übel. Ich lehnte mich in eine Ecke zurück und schloß die Augen.

Der Zug setzte sich in Bewegung. Das ist so der Augenblick, wo jeder Reisende sich das Ziel vergegenwärtigt, dem er entgegengetragen wird. Öfters schon war ich auf dieser Strecke gefahren, und da winkte mir die Ankunft in einem gästegefüllten Schlosse, in einem fröhlichen Badeorte – auch meine Hochzeitsreise – seliges Andenken – hatte ich auf diesem Wege gemacht, einem glänzenden und liebevollen Empfang in der Hauptstadt ›Preußens‹ (wie hatte letzteres Wort doch seither einen anderen Klang bekommen!) entgegen. – – Und heute? Was war heute unser Ziel? Ein Schlachtfeld und umliegende Lazarette – die Stätten des Todes und der Leiden. [...]

Die Patrouille geht weiter. Diese Leute finden selber ihren Weg und können den zusammengebrochenen Kameraden mitnehmen. Die Hilfe muß anderen, noch Hilfsbedürftigeren aufgespart werden.

Auf dem Steingerölle eines Hügelabhanges liegt ein blutiger Knäuel. Es sind ein Dutzend Soldaten. Der Sanitätsunteroffizier bleibt stehen und legt ein paar Verbände an. Aber mitgenommen werden diese Verwundeten nicht; erst müssen die geholt werden, die mitten auf dem Gefechtsfelde fielen – vielleicht kann man diese hier beim Rückgang auflesen...

Und wieder geht die Patrouille weiter, dem Kampfplatz näher. In immer dichteren Scharen wanken Verwundete heran, sich selber oder einander mühsam fortschleppend. Das sind solche, die doch noch gehen können. Unter sie wird der Inhalt der Feldflaschen verteilt, man legt ihnen eine Binde auf quellende Wunden und weist ihnen den Weg nach der Ambulance. Und wieder geht es weiter. An Toten vorüber – an Hügeln von Leichen... Viele dieser Toten zeigen die Spuren entsetzlicher Agonie. Unnatürlich weit aufgerissene Augen – die Hände in die Erde gebohrt – die Haare des Bartes aufgerichtet – zusammengepreßte Zähne unter krampfhaft geöffneten Lippen – die Beine starr ausgestreckt, so liegen sie da.

Jetzt durch einen Hohlweg. Hier liegen sie aufgeschichtet. Tote und Verwundete untereinander. Letztere begrüßen die Sanitätspatrouille wie rettende Engel und flehen und schreien um Hilfe. Mit gebrochenen Stimmen, weinend, wimmernd, rufen sie nach Rettung, nach einem Schluck Wasser. Aber ach – die Vorräte sind fast erschöpft, und was können die wenigen Menschen tun? Ein jeder müßte hundert Arme haben, um da retten zu können... doch jeder tut, was er kann. Da erschallt der langgezogene Ton des Sanitätsrufes. Die Leute stutzen und halten in ihren Handreichungen inne. ›Verlaßt uns nicht, verlaßt uns nicht!‹ flehen die Unglücklichen; doch wieder und wieder ruft das Hornsignal, welches, von allem anderen Getöse unterscheidbar, deutlich in die Weite dringt. Da kommt auch noch ein Adjudant herangesprengt: ›Mannschaft von der Sanität?‹ ›Zu Befehl!‹ erwidert der Korporal. ›Mir nach.‹

Offenbar ein verwundeter General... Da heißt es gehorchen und die anderen verlassen... ›Mut und Geduld, Kameraden, wir kommen wieder.‹ Die es sagen und die es hören, sie wissen, daß das nicht wahr ist.

Und wieder geht es weiter. – Dem Adjudanten – der, voransprengend, die Richtung weist – im Eilschritt nach. Da gibt es unterwegs kein Aufhalten, ob auch von rechts und links die Weh- und Hilferufe ertönen, ob auch auf die Eilenden selber manche Kugel fällt und einen oder den anderen hinstreckt – nur weiter, nur vorüber. Vorüber an unter dem Schmerz ihrer Wunden sich krümmenden Menschen, welche von über sie hinjagenden Rossen zertreten, oder von über ihre Glieder fahrenden Geschützen zermalmt wurden und welche, die Rettungsmannschaft erblickend, in ihrer Verstümmelung sich ein letztes Mal emporbäumen: vorüber, vorüber!«

Natürlich ist bei einem solchen Thema, bei der Auswahl der Beispiele, persönliche Willkür seitens der Vortragenden im Spiel. Marxens *Kapital* hat fraglos die Welt verändert, so wie Platons Dialoge es hätten tun sollen, damals, vor zweitausend Jahren. Jesu Religion der Liebe *hätte* die Welt verändert, die Religion und ihre irdischen Sachwalter *haben* sie auch verändert – aber wie! Das *Grüne Buch* verändert die Welt noch immer, zum Fürchten, und daß deutsche Chemiefirmen der Segnungen Allahs teilhaftig werden, mag einen gar nicht so recht freuen. Für den einen hat ein Rilke-Gedicht die Welt nachhaltig verändert, und für einige schlaue Menschen war es die *Ästhetik des Widerstands* von Peter Weiss. Vieles, das wir vor zwanzig Jahren für von Grund auf umkrempelnd hielten, ist heute längst vergessen, auch die beiden genannten Klassiker gibt es nur noch als Nachgeschmack, als Idee. Können Bücher die Welt verändern? Jeden Tag tun sie es und tun es nie, denn die Welt steht nicht, sie geht. (Die Räder drehen sich, die Jahre gehen sich, heißt es in einem jiddischen Text, der von der Welt handelt und davon, wie sie sich mörderisch verändert hat.) Die Literatur ist ein ganz winziger Teil der Welt und für manche ihr wichtigster. Das sind die Verrückten, die Spinner, die Aussterbenden, das Salz der Erde oder in der Suppe, in jener Suppe, in die auch der Lorbeer gehört, wie jener Dichter sagte, auf den wir ganz zum Schluß kommen werden – Heinrich Böll. Ich habe in diesen Weihnachtstagen viel gelesen, um eine schlüssige Auswahl zum Thema zu erhalten, eine Auswahl, die auch noch ein bißchen Reflexion über die eigene Arbeit zulassen würde. Denn ich kann mich ja hier von Ihnen nicht mit dem fröhlichen Satz verabschieden, daß alles keinen Sinn hat – was soll ich denn dann über meine eigenen Sachen erzählen? Ich habe mich an viele Bücher erinnert, die vor Jahren für Aufregung gesorgt haben, aber beim Wiederlesen waren die Gründe dafür oft nicht mehr erkennbar. Zum Beispiel galten die *Ehen in Philippsburg* des jungen Martin Walser als eine aufregende und scharfe Zeichnung der neuen bundesrepublikanischen Verdrängergeneration. Der Skandal ist verstummt, ich geh' durch das Buch wie durch ein Museum der fünfziger Jahre, und dennoch: Eine Vision, eine Prophezeiung der Mediengesellschaft von heute liegt ganz offenbar im Text:

»Dr. ten Bergen hob die Hand in den Beifall, der den schüchtern schmunzelnden Herrn Volkmann umbrandete. Die Damen hatten ihre Gläser den Herren gereicht, denn jetzt waren sie an der Reihe, Beifall zu spenden. Herr Volkmann selbst dämmte den Beifall und schaffte Ruhe für das, was Dr. ten Bergen sagen wollte. Der begann damit, daß er beteuerte, er sei ein alter Freund des Hauses, mehr hörte Alwin nicht. Er konnte dieser immer in der gleichen Nasal-Melodie auf und ab singenden Stimme nicht zuhören. Er hörte nur das melodische Geräusch, das sich immer wieder steigerte und wieder verlor; wahrscheinlich waren weder Crescendo noch Decrescendo durch den jeweiligen Inhalt der Rede veranlaßt, sondern lediglich von einem regelmäßig wiederkehrenden Bedürfnis des Redenden, doch noch weiterzureden, auch dann, wenn er in Gefahr war, an der Eintönigkeit seiner Melodie selbst einzuschlafen.

Der hat sich ganz schön entlarvt, dachte Alwin. Zuerst Mordsreden halten gegen das Werbefernsehen, dann durchblicken lassen, daß er, falls man ihn noch einmal zum Intendanten wählen würde, durchaus geneigt sei, das Werbefernsehen mitzumachen, und nachdem man ihn hatte durchfallen lassen (und Alwin schmeichelte sich, daß er daran nicht unbeteiligt gewesen war), hat er sich sogar zum Direktor des neugegründeten Studios für das Werbefernsehen machen lassen. So ist das eben, dachte Alwin, aber man muß vermeiden, daß es so deutlich wird. Früher hat der auf jeder Party seine gefürchteten Reden für die Reinerhaltung der Kultur gehalten, wobei er es immer verstanden hatte, alle Zuhörer spüren zu lassen, daß außer ihm niemand mehr wisse, was die Reinerhaltung unserer Kultur bedeute, wie wichtig sie sei und wie gefährdet. Man hatte ihn reden lassen, hatte halb zugehört und hatte sich gedacht, ihm zuhören zu müssen, sei eine Art Strafe, die man verdient habe, weil man nichts für das getan hatte (und wer außer ihm hatte je etwas dafür getan), was er die Reinerhaltung unserer Kultur nannte. So war es vor seiner Wahl zum Direktor des Werbefernsehens gewesen. Jetzt hielt er eine Rede, so viel hörte Alwin ohne zuzuhören, so viel fiel ihm einfach in die Ohren, weil man die ja leider nicht wie die Augen schließen kann, jetzt hielt er seine Rede (die seine Rede sein würde, solange er diesen Job innehaben würde) zum Preis des Werbefernsehens als der einzigen Macht, mit deren Hilfe es gelingen könne, die Kultur reinzuerhalten. Er nannte Zahlen. Er hatte ja auch früher schon Zahlen genannt und mit diesen Zahlen immer bewiesen, was zur Reinerhaltung der Kultur bewiesen werden mußte. Diese Reinerhaltung war sein ad majorem dei gloriam, war seine Lebensmelodie, die er jetzt als Werbemanager variierte. Er sang ein ergreifendes Lied davon, daß unsere Kultur nur noch mit Geld reinzuerhalten sei, und zwar mit viel, mit sehr viel Geld, und dieses Geld sei am besten durch das Werbefernsehen aufzubringen, dadurch also – so tönte es listig aus seinem Munde –, daß man der Wirtschaft Gelegenheit gebe zum indirekten Mäzenatentum. Eine opportunitas clara, sagte Dr. ten Bergen, der keinen Satz aus dem Munde entließ, ohne ihm ein leuchtendes Fremdwort wie eine Fahne aufzusetzen; und es waren fast immer Fremdworte, die man nicht jeden Tag hörte, die im einheimischen Sprachgebrauch noch keine abgenützte Heimstatt gefunden hatten, sondern noch fremdartig schön und zum Teil unverständlich den Zuhörern im Ohre rumorten. Bis vor einem Jahr noch waren es vor allem Blüten aus der lateinischen und französischen Sprache gewesen, mit denen Dr. ten Bergen seine Reden garniert hatte: der und der habe ein droit moral; zu optima fide sei hierorts kein Anlaß; er fühle sich außer Obligo; tant mieux, wenn der Gegner consentiere; im übrigen verachte er diese Pseudo-Connaisseure; all diese Usancen seien höchst ridikül... Seit er aber seine Amerikareise hinter sich hatte, ließ er – was er früher verachtet hatte, denn das Englische war ihm zur Aufnahme in seinen Sprachgarten einfach zu grob gewesen, einen Seemannsdialekt hatte er es genannt –, jetzt ließ er seine ganze Reisebeute in seine Reden einströmen. Natürlich nicht »allright« und »o.k.«, sondern Ausdrücke wie: muddle-through als Methode sei ihm zuwider; public relations seien eine conditio sine qua non; seine Arbeit gelte nicht nur den happy few; er wisse von seinen Freunden, und darunter seien einige big wheels, daß sein approach auch in der Politik Beachtung gefunden habe; er werde sich niemals der oder jener pressure-group beugen; auf snob-appeal lege er keinen Wert, er mache auch nicht in understatement um jeden Preis...

So wie ein anderer Zündholzschachteln sammelt und mit nach Hause bringt oder verpackte Zuckerstücke, Postkarten, Wimpel, fremde Blumen oder Schmetterlinge, so schien Dr. ten Bergen Worte aufzuspießen, um sie seinem Sprachschatz einzuverleiben; und er hatte es nicht nötig, vor jedem fremden Brocken zu sagen: der Lateiner, der Franzose sagt. Nahtlos verschmolz er das Fremde mit dem Eigenen. Dr. Alwin bewunderte ihn um dieser

Fähigkeit willen, denn er selbst konnte sich beim besten Willen keine fremden Worte merken. Niemand empörte sich übrigens darüber, daß Dr. ten Bergen diese Verlobungseinladung dazu benutzte, seine Rede zu halten. Benutzten doch auch Staatsmänner einen Stapellauf oder die Einweihung eines Kraftwerkes dazu (und eine Verlobung in der Philippsburger Gesellschaft ist damit durchaus vergleichbar), ihre politischen Reden zu halten, die sich dann, von ein paar Einleitungs- und Schlußformeln abgesehen, mit keinem Wort an die braven Werftarbeiter oder Maurer wenden, die mit andächtigen und stolzen Augen zur leibhaftig erschienenen Prominenz aufschauen und ein Lob von so hohem Besuch erwarten (warum sonst denn sollte der zu dem feierlichen Akt gekommen sein!); aber die hohen Herren sprechen nicht für die tausend Ohren, sondern für die zwei oder drei kleinen Mikrophonkapseln, die vor ihnen aus den Blumen ragen, und sie lächeln nicht für die tausend Augen, die an ihrem Mund hängen, sondern für die Kameras und Photoapparate, die ihre dunkel schimmernden Mäuler heraufrichten, jedes Lächeln sorgfältig konservieren und es hinaustragen vor die Augen einer größeren Welt, für die es bestimmt ist.«

Unser vorderhand letztes Beispiel, Heinrich Bölls *Die verlorene Ehre der Katharina Blum*, ist tatsächlich noch immer das Buch einer Epoche. Die Geschichte von der Verfolgung durch die hysterisierte Staatsmacht und die Diffamierung einer eigenständigen Frau durch »Die Zeitung« – Bölls zeitlebens heißgehaßte Bildzeitung – ist trotz oder wegen seiner protokollarischen Knappheit Symbol für eine ganze Epoche geworden. Hat dieses Buch etwas verändert? Haben die obersten Verfassungsschützer, die Chefredakteure der Bildzeitung, die verlogenen Reporter und allzu eifrigen Verfolger schamrot über diesem Buch gebrütet? Hat es gesetzgeberische Maßnahmen beeinflußt? Ich glaube nicht. Oder doch? Es hat jedenfalls dafür gesorgt, daß etwas Geschehenes nicht in Vergessenheit geriet. Es hat die Ereignisse festgehalten, beharrlich und unobjektiv. Bei Böll hat sich wie bei keinem anderen Autor der Nachkriegszeit der Moralist, der Engagierte, so mit dem Dichter verbunden – und gelegentlich Schlachten geliefert.

Die engagierte Literatur unterliegt oft einer Gefahr: Um wirksam zu sein, muß sie schnell sein. Literatur entsteht aber nicht schnell, das Hingefetzte, der atemlose Wurf greift nicht selten zu kurz und zu flach. Ja, sie muß schnell sein und im Medienzeitalter immer noch schneller. Das kann ihr nicht bekommen. Bölls Katharina zeigt die Schwächen und auch die Stärken dieser Atemlosigkeit.

»An dieser Stelle sollte man etwas über eine höchst umstrittene Frage von Beizmenne erfahren, die Hach einmal zum besten gab, widerrief, dann noch einmal erzählte und zum zweitenmal widerrief. Blorna hält diese Frage für wichtig, weil er glaubt, daß, wenn sie wirklich gestellt worden sei, hier und nirgendwo anders der Beginn von Katharinas Verbitterung, Beschämung und Wut gelegen haben könnte. Da Blorna und seine Frau Katharina Blum als in sexuellen Dingen äußerst empfindlich, fast prüde schildern, muß die *Möglichkeit*, Beizmenne könnte – ebenfalls in höchster Wut über den entschwundenen Götten, den er sicher zu haben glaubte – die umstrittene Frage gestellt haben, hier erwogen werden. Beizmenne *soll* die aufreizend gelassen an ihrer Anrichte lehnende Katharina nämlich gefragt haben: ›Hat er dich denn gefickt‹, woraufhin Katharina sowohl rot geworden sein wie in stolzem Triumph gesagt haben soll: ›Nein, ich würde es nicht so nennen.‹

Man kann getrost annehmen, daß *wenn* Beizmenne diese Frage gestellt hat, von diesem Augenblick an keinerlei Vertrauen mehr zwischen ihm und Katharina entstehen konnte. Die Tatsache, daß es tatsächlich nicht zu einem Vertrauensverhältnis zwischen den beiden kam – obwohl Beizmenne, der als ›gar nicht so übel‹ gilt, es nachweislich versuchte –, sollte aber nicht als endgültiger Beweis dafür angesehen werden, daß er die ominöse Frage wirklich gestellt hat. Hach jedenfalls, der bei der Haussuchung zugegen war, gilt unter Bekannten und Freunden als ›Sexklemmer‹, und es wäre durchaus möglich, daß ihm selbst ein so grober Gedanke gekommen ist, als er die äußerst attraktive Blum da so nachlässig an ihrer Anrichte lehnen sah, und daß er diese Frage gern gestellt oder die so grob definierte Tätigkeit gern mit ihr ausgeübt hätte.

Die Wohnung wurde anschließend gründlich durchsucht, es wurden einige Gegenstände beschlagnahmt, vor allem Schriftliches. Katharina Blum durfte sich im Badezimmer in Gegenwart der weiblichen Beamtin Pletzer anziehen. Doch durfte die Badezimmertür nicht ganz geschlossen werden; sie wurde von zwei bewaffneten Beamten schärfstens bewacht. Es wurde Katharina gestattet, ihre Handtasche mitzunehmen, und da ihre Verhaftung nicht ausgeschlossen werden konnte, durfte sie Nachtzeug, einen Toilettenbeutel, Lektüre mitnehmen. Ihre Bibliothek bestand aus vier Liebesromanen, drei Kriminalromanen sowie aus einer Napoleonbiographie und einer Biographie der Königin Christina von Schweden. Sämtliche Bücher stammten aus einem Buchklub. Da sie dauernd fragte ›Aber wieso, wieso denn, was habe ich denn verbrochen‹, wurde ihr schließlich von der Kriminalbeamtin Pletzer in höflicher Form mitgeteilt, daß Ludwig Götten ein lange gesuchter Bandit sei, des Bankraubes fast überführt und des Mordes und anderer Verbrechen verdächtig.

Als Katharina Blum endlich gegen 11.00 Uhr aus ihrer Wohnung fort und zur Vernehmung geführt wurde, verzichtete man letzten Endes doch darauf, ihr Handschellen anzulegen. Beizmenne neigte zwar dazu, auf Handschellen zu bestehen, ließ sich aber nach einem kurzen Dialog zwischen der Beamtin Pletzer und seinem Assistenten Moeding herbei, darauf zu verzichten. Da wegen der an diesem Tag beginnenden Weiberfastnacht zahlreiche Hausbewohner nicht zur Arbeit gegangen und noch nicht zu den alljährlich fälligen saturnalienartigen Umzügen, Festen etc. aufgebrochen waren, standen etwa drei Dutzend Bewohner des zehnstöckigen Appartementhauses in Mänteln, Morgenröcken und Bademänteln im Foyer, und der Pressefotograf Schönner stand wenige Schritte vor dem Aufzug, als Katharina Blum, zwischen Beizmenne und Moeding, von bewaffneten Polizeibeamten flankiert, den Aufzug verließ. Sie wurde von vorne, von hinten, von der Seite mehrmals fotografiert, zuletzt, da sie in ihrer Scham und Verwirrung mehrmals ihr Gesicht zu verdekken versuchte und dabei mit ihrer Handtasche, dem Toilettenbeutel und einer Plastiktüte, in der zwei Bücher und Schreibzeug waren, in Konflikt geriet, mit zerwühltem Haar und recht unfreundlichem Gesichtsausdruck.«

Wir werden unsere Eingangsfrage unbeantwortet lassen. Die Welt wird uns Gottseidank nie verraten, wie sie ohne die Literatur geworden wäre und ob die Ächtung der Folter (wobei noch immer gefoltert wird), die Verbreitung der Menschenrechte und die Besinnung auf die ewig gleichen Themen des Todes, der Liebe, des Hungers und der Macht ohne sie möglich gewesen wären. Ich kann mir nicht helfen: Ich glaube nicht daran, daß ein läppisches Plastikschächtelchen mit zwanzig Programmtasten das gleiche lustvolle Gefühl in der Hand und im Hirn auszulösen vermag wie ein ordentlich gebundenes, neugiererweckendes Paket Seiten. Dieses kann die Welt immer wieder in eine andere Drehung versetzen, für den einzelnen, für Minuten, vielleicht für ein ganzes einzelnes Leben. Und das ist doch immerhin was.

III

Nachgeschriebenes Leben

Es fängt gleich mit einer Panne an. Ich hatte Ihnen die *Bottroper Protokolle* von Erika Runge als eines der bekanntesten Beispiele für jene Art Literatur anführen wollen, über die wir heute reden wollen. Eine Literatur, die sich ein paar Jahre lang gebärdete, als wäre sie die einzig akzeptable; einige Autoren, die sich bis dahin munter wie andere in den Elfenbeintürmen treppauf und treppab bewegt hatten, entdeckten sie auch für sich, wie z. B. Martin Walser. Leben, an dem entlang erzählt wird, authentisch, ohne Schnörkel, kunstlos. Wahrheit, die wirklich den Namen »nackt« verdient. Und diese *Bottroper Protokolle* eben waren zu ihrer Zeit eines der bekanntesten Beispiele. Natürlich, dachte ich, brauche ich nur in den Bücherregalen unter »R« zu gucken wie Runge – aber da war nichts. Oder doch unter »B« wie Bottroper? Fehlanzeige. Aber ich hatte es gehabt, da war ich ganz sicher. Vielleicht ganz oben, wo die Politwerke der frühen Jahre mittlerweile ein Schattendasein führen? Auch nichts. Ich fragte Freunde, aber klar, sagten sie. Und fanden nichts. Aber klar, sagte mein Buchhändler, lieferbar, ist doch ein Klassiker. Aber lieferbar auch nicht, der Klassiker ist verschwunden, jeder weiß nur noch, daß es ihn gab.

So kann ich dieses Beispiel streichen, aber die Geschichte dieser vergeblichen Suche sagt auch etwas über den Gegenstand, nach dem gesucht wird. Tatsächlich schienen die Bücher, die nichts als gelebtes Leben beschrieben (manchmal das eigene, aber nicht in autobiographischer, sondern in exemplarischer Absicht), ein Ausweg aus dem gefährlichen Sumpf des sogenannten Elitären. Wenn Leben (oft in seinen finstersten Erscheinungsformen) nur genau genug aufgezeichnet würde, meinte man, würde das Leben sich notwendig verändern. Das Leben und die Arbeitswelt: Was in der DDR der frühen Jahre als »Bitterfelder Weg« bekannt wurde, was später in der BRD »Werkkreisliteratur« hieß, wollte im Beschreiben verändern. Das Verändern – wir werden von dem Thema immer wieder eingeholt, auch jetzt. Zunächst waren diese Bücher – die heute übrigens zum größten Teil so unauffindbar sind wie Erika Runges Protokolle – wirklich ein Aufbruch. Die Opfer gesellschaftlicher Deformation – die sich vielfach als Täter, als Verbrecher gegen diese Gesellschaft wandten, erhielten Stimmen und ergriffen selbst das Wort. Wenn Autoren sich ihrer annahmen (und das geschah öfter, als wir uns heute erinnern können), funktionierte das besser, aber auch die kruden, kunstlosen und mit verstümmelter Sprache verfaßten Lebensberichte fanden Leser. Das

Literaturpublikum betrat das düstere Neuland nur zögernd. Die Nicht-Lesenden entdeckten ihre eigene Sprache in Büchern, vor denen sie keine Schwellenangst zu haben brauchten. Die sogenannte erste Generation der Roten Armee Fraktion wie z.B. Ulrike Meinhof und Jan Carl Raspe befaßten sich mit der Materie und bezogen sicher den ersten Schub ihrer radikalen Entschlüsse aus Lebensberichten der »Unterprivilegierten«. Meinhofs Arbeit über das Mädchenerziehungsheim in Guxhagen machte großes Aufsehen, auch Raspe hatte sich mit der Deformation durch Erziehung schriftlich befaßt.

Ich habe als erstes ein anderes Beispiel herausgesucht – weil der aufgezeichnete Fall noch früher liegt. Vielleicht wird danach jemand einwenden, das sei keine Literatur, diese Bücher erhöben keinen Anspruch, man brauchte sie nicht zu besprechen. Das ist wahr, der erste Teil des Satzes ist wahr. Aber diese Literatur war damals angetreten, die einzige zu sein, der Wahrheit als Sprengkraft innewohnt. Die Unterhaltung, das Abenteuer wurden als purer Eskapismus gebrandmarkt. Aber zunächst ein Stück aus Ernst Klees Bericht über die Giftmörderin Christa Lehmann. Vorauszuschicken ist, daß gerade Frauen, die getötet hatten, von der Literatur wie mit einem Brennglas aufs Korn genommen wurden. Sie waren die besonders eindeutigen Koordinatensysteme, in die sich gesellschaftliche Zwänge und das Versagen der bürgerlichen Gesellschaft eingetragen hatten.

»An dieser Stelle unterbreche ich sie, ganz gegen meine sonstige Gewohnheit. Ich frage, wann sie auf den Gedanken gekommen ist, ihrem Mann das E-605 zu geben. Vielleicht, ich bin mir da nicht sicher, unterbrach ich an dieser Stelle auch aus Überraschung oder Abwehr. Denn Christa Lehmann bringt eine ganz neue Version ins Gespräch: Den Mord (und dieser setzt die Absicht voraus) nicht geplant zu haben. Sie wollte den Mann nur krankmachen, ihn ins Krankenhaus befördern, um einmal Ruhe zu gewinnen und die ärgste Not zu lindern. Und ich bin sicher, daß sie mich nicht belügt, daß sie an ihre Version glaubt. Und vielleicht war es ja auch so. Es wäre ja auch erklärlich angesichts der Umstände. Wie dem aber auch sei, ich frage, wann sie auf den Gedanken gekommen ist, das Gift zu verabreichen. – Sie antwortet:

›Es war ungefähr anderthalb Jahre, nachdem wir unten gewohnt haben, wo wir umgezogen sind. Und ich hab' es ihm auch gegeben dann, und er hat es getrunken. Und wie ich dann die Wirklichkeit gesehen habe: Wie er die Krämpfe gekriegt hat, da bin ich auf, bin auf's Fahrrad und zum Doktor gefahren. Und wie ich dorthin kam, da hat es geheißen, er ist nicht da, er ist zu einer Hochzeit eingeladen, ich soll zur Vertretung gehen.‹

›Da hab ich gesagt: Kann er denn net schnell doch kommen, es pressiert, es pressiert. Da hat es geheißen, nein, er ist nicht da. Haben die dann die Vertretung geschickt. Und wie der dann gekommen ist...‹, sie zögert einen Moment, ›da war mein Mann schon tot.‹

›Und da hat er gesagt, als was mein Mann behandelt worden wär. Da hab ich gesagt: er hätte Magengeschwüre gehabt. Da hat er ihn untersucht und gesagt: Magendurchbruch. Es kam überhaupt nicht raus, was geschehen war. Mein Mann wurde beerdigt und ich war dann furchtbar ruhelos.‹

›Ich hatte dann laufend Streitigkeiten mit meinem Schwiegervater. Er kam sehr oft betrunken heim. Ich habe für meinen Schwiegervater nicht mehr gewaschen. Ich habe mir selber, zum Teil, Vorwürfe gemacht, daß das mit meinem Mann passiert ist und bin dann zu dem Gedanken gekommen, daß mein Mann eigentlich in dem Sinn, in einem bestimmten Sinn, nicht der Schuldige war. Sondern eben mein Schwiegervater, weil er immer gehetzt hat. Und weil mein Mann ja auch kein anderes Leben gekannt hat als von Kind an, wie er in die Wirtschaft mitgenommen wurde, und er das ganze Verhältnis von seiner Familie gesehen hat.‹

›Und mein Schwiegervater hat mir auch manchmal gedroht, indem er gesagt hat...‹ An dieser Stelle bricht sie den Satz ab und sagt abrupt etwas anderes: ›Ja, halt, ich darf nicht vergessen, ich war auch unruhig geworden, nachdem das mit meinem Mann passiert war, und da kam eine frühere Schulkameradin zu mir und die hat immer gesagt, ich soll mit ihr fortgehen und so. Und ich habe das als eine Ablenkung genommen und habe gedacht, ich könnte meine Unruhe dadurch bändigen. Und bin auch als mit ihr fortgegangen. Da hat mein Schwiegervater gesagt, ich wäre laufend fort, das ginge nicht so. Da habe ich ihm gesagt, das ginge ihn nichts an. Da sind wir in Reibereien reingegangen und da ist der Kurzschluß bei mir gekommen: Schaffst den weg.‹

›Das war gewesen 1953 ... war das '53, also es war ein Dreivierteljahr nach meinem Mann, da hab ich das auch meinem Schwiegervater gegeben. Ich muß ganz ehrlich sagen: Da habe ich mit dem Ableben, mit dem Tod gerechnet. Es wäre gelogen, wenn ich gesagt hätte, ich hätte irgendeine andere Absicht gehabt. Ich habe damit gerechnet, mit einem Tod. Was ja dann auch zustande kam.‹

›Er fuhr dann morgens weg wegen einer Arbeit und ist dann unterwegs liegengeblieben. Und da hat man gesagt: eine Herzversagung. Er wurde dann beerdigt, und das kam wieder nicht raus, obwohl er untersucht wurde. Man hat mit dem Alter gerechnet und mit einer Versagung des Herzens.‹

›Ich muß ehrlich sagen, je weiter der zweite Fall war, desto mehr bin ich gesunken. Ich bin dann noch mehr fort wie zuvor, aber das eine muß ich gleich dazu sagen, ich habe die Kinder nie allein gelassen und bin auch nicht den Tag über weg. Sondern, wenn ich abends weg bin, hatte ich immer jemand bei den Kindern, der aufgepaßt hat.‹

›Und dann kam der Februar. Es war Fastnacht. Die Anni wollt als wieder fort, als wieder fort, als wieder fort. Und ich hatte dann auch niemand gehabt, der bei den Kindern blieb. Und ihre Mutter war kränklich gewesen. Da habe ich immer drüber nachgedacht, wie verhindere ich das, daß wir nicht immer wegfahren.‹

›Und zwar sind wir als nach Kaiserslautern gefahren. Da hatten wir zwei junge Männer gehabt, die sind als zu uns nach Worms gefahren und wir sind dorthin gefahren. Und sie wollte an Fastnach auch wieder dorthin fahren, und wie gesagt, da hab ich überlegt, wie kannst du das vermeiden. Dann habe ich das mit den Pralinen gemacht. Aber nicht mit der Absicht, daß sie stirbt, sondern ich wollte haben, daß ihre Mutter kränker wird. Daß sie verhindert ist, um fortzufahren, daß sie daheimbleiben muß und ich dann auch daheimbleiben kann.‹«

Das alltägliche Elend fließt in die Bücher und legt ein Puzzle-Spiel zusammen, aus dem man ein Bild der Wirklichkeit und ihrer geschichtlichen Wurzeln erkennen kann. Aber wenn man noch so viele von diesen Geschichten und Berichten addiert: Es fehlt etwas, eine wichtige Saite kommt nicht zum Klingen, etwas bleibt flach und leblos. Damals in den sechziger und siebziger Jahren wurde der Grundstein gelegt für die Vergewisserungsliteratur. Der Anspruch auf sprachliche Schönheit, Raffinesse oder Einmaligkeit war verdächtig und reaktionär, so holprig und steinig (und gelegentlich auch sumpfig) wie das Leben durfte die Sprache auch sein. Das Wiedererkennen war wichtiger als die Erkenntnis des Neuen. Und das (deshalb ist mir eben auch das Thema wichtig) ist erhalten geblieben und hat sich vervollkommnet.

Bevor wir aber zu gewissen Bestsellern kommen, noch ein älteres Beispiel. Denn wenn die Abschilderungsliteratur früher noch versuchte, an exemplarischen Menschenschicksalen politische Situationen klarzumachen, genügte es später oft, einfach sich selbst hinterherzuschreiben und auf die Wichtigkeit des eigenen Bauchnabels zu vertrauen. Dazu aber später.

Hessler, unser nächster Autor, macht ein Buch aus einem Brief an einen Freund. Hesslers Buch, mit einem vehementen Vorwort von F. J. Raddatz, ist 1978 erschienen, in der Mitte des Zeitraums, um den es uns heute geht. Hessler macht Ernst mit dem politischen Auftrag der Literatur. Er versucht auch, Ernst zu machen mit der Sprache; das bloße Wortewürgen, wie es eine Zeitlang als Beweis für Authentizität ertragen wurde, konnte 78 schon keiner mehr hören. Und leise regte sich auch die Frage, für wen man denn schrieb. Denn der Verdacht ließ sich nicht länger wegschieben, daß man einem Trugschluß aufgesessen war: Nicht etwa lasen Fabrikdirektoren die monotonen, nervenraubenden Berichte über monotone, nervenraubende Jobs ihrer Arbeiter. Die Behördenherren und -damen dachten allem Anschein nach nicht daran, sich durch die Berichte der von ihnen Geschädigten bessern zu lassen, sondern es lasen immer nur Betroffene (im Doppelsinn) die Bücher der Betroffenen. Der Weg vom Opfer zum Täter (Sie merken, auch dieses Thema ist ziemlich haltbar) ist kaum je nachweisbar. Hessler spekuliert also völlig legitim mit dem Voyeurismus, auf den das Thema Terroristen rechnen durfte, vor allem, wenn ein bißchen was Privates vorkam.

»Es ist für mich auch keine Frage, daß Du die Sprache dieses Briefes verstehst. Du kannst sogar nachvollziehen, was ich sagen will. Wie oft haben wir in der Schule Texte und Gedichte gelesen und sie aus der Sicht des Schreibers verstehend interpretiert, um dann mit dem Gang aus dem Klassenzimmer alles zu vergessen, weil nichts davon uns anging und erreichte.

Texte aus einer anderen Welt, intellektuelle Spielereien zur Notengebung.

Ich habe also Zweifel, ob Du die Inhalte aufnehmen und für Dich umsetzen kannst.

Deine oben schon angedeutete Angst vor Dich betreffenden Analysen und Gedanken könnte eine unüberwindbare Mauer errichtet haben, die jeden noch so seichten Gedanken abblockt.

Im Kampf ums reine physische und insbesondere psychische Überleben sind Zweifel gefährlich, weil selbstzerstörerisch. Sie dürfen nicht sein. Sie müssen weg.

In der Hoffnungslosigkeit und Verzweiflung Deiner Lage, zudem unter dem Druck und geistigen Inzest der Gruppe und den Qualen der Isolation mußt Du verkümmern und mit der Freiheit des autonomen Denkens die Möglichkeit verlieren, Gedanken von außen überhaupt aufzunehmen und zu verarbeiten. Was doch nichts anderes bedeutet, als daß Du ohne die Auseinandersetzung mit anderen Deine Identität verlieren mußt.

Weißt Du denn noch, wer Du bist? Woher Du kommst? Bist Du nur noch ein namenloser ›Soldat der Weltrevolution‹, ein Geschöpf aus der Retorte? Opfer und Täter einer Gehirn- und Seelenwäsche, wie sie sich die psychologischen Kriegführer von heute und die Science-fictions über das Morgen nicht perfekter ausmalen können?

Es ist nicht allein dies, was mich irritiert.

Ich habe heute Dein Bild in der Zeitung gesehen. Ein Bild, das mir bis dahin unbekannt war. Erstaunlich ist, wie viele Fotos von Dir in die Fahndungsakten eingegangen sind. Einerseits erschreckte mich dieses Bild, weil Du mir völlig fremd erschienst. Fahndungsfotos haben eine suggestive Wirkung.

Man glaubt in dem gezeigten Menschen den Verbrecher als solchen zu sehen. Sie sind wie Negative – nicht nur des Bildes, auch der dargestellten Person. Ich bin überzeugt davon, daß die Abbildungen völlig unbescholtener Bürger auf einem Fahndungsblatt andere ebenso unbescholtene Bürger nur zu einer Reaktion bringen: Seht mal, dieses verschlagene, brutale Gesicht, der typische Verbrecher.

Du wirkst auf dem Bild völlig starr, wie eine Maske, die zu menschlichen Regungen unfähig scheint. Auf den ersten Blick korrespondiert das Bild mit der dazugehörigen Schlagzeile: Vorsicht, D. schießt sofort! Natürlich, so was schießt sofort. Das ist doch kein Mensch mehr, allenfalls ein seelenloser, brutaler Killer.

Andererseits war mir Dein Bild vertraut. D., der sich selbst verschließt, der schon zu Schulzeiten starr und verschlossen war. Umgeben von den Wällen des Selbstschutzes, den Mauern der Isolation, den Stacheldrahtverhauen gegen Gefühle, die von innen nach außen und von außen nach innen wollen.

Es fällt mir einfach schwer, das Bild von Dir zu fixieren. Das ist beinahe auch wörtlich zu verstehen. Deine Konturen verwischen sich. Du entschwindest mir und läufst weg. Ich kann Deiner nicht habhaft werden. Du verschwindest hinter der maskenhaften Starrheit des Fahndungsfotos und läßt eine leere Maske zurück.

Ich könnte dann resignierend alles hinwerfen. Ein Brief an eine Maske, an ein schemenhaftes Wesen ist nicht möglich. Im gleichen Moment kann ich Dich wieder klar fixieren und greifbar vor mir sehen, so daß ich weiterschreiben kann – bis zum Aufkommen neuer Zweifel.

Welche psychischen und physischen Qualen müssen eben diese Zweifel wohl Deiner Familie und den Eltern und Geschwistern der anderen zufügen? Mein Vorstellungsvermögen und das der anderen erst recht reicht hierfür nicht aus. Es ist mein Kind, werden sie sagen, es ist doch mein Kind. Trotzige Resignation und verzweifeltes Bekenntnis: Es ist doch mein Kind. Letztlich bleibt ihnen nur dies, was sie sicher sagen können. Im übrigen überlaßt Ihr sie sich selbst und ihrer Hilflosigkeit, über die der offene Brief der Eltern Christian Klars ein beredtes und erschütterndes Zeugnis ablegt. Ihr überlaßt sie auch den Blicken einer begrenzten oder weiten Öffentlichkeit, die sie anstarrt mit dem Vorwurf im Blick, wie man solche Ungeheuer hat zeugen, gebären und aufziehen können. Oder den anonymen Anrufern, die ihre eigenen unseligen Triebe und Aggressionen auf Euch und Eure Eltern projizieren können.

Für sie alle ist ohne jede Frage klar, was für Eure Eltern und für mich ein fast unüberwindliches Problem ist. Sie wissen, wer Du bist.

Die Zweifel und ständigen Fragen haben die unausbleibliche Folge, daß ich für diesen Brief – zumindest jetzt – noch kein Konzept habe. Du bist nicht festzuhalten, deshalb.

Wir haben es gelernt: Kurzer geschichtlicher Überblick mit Schwerpunkt auf den russischen Autoren, Terrorismus in Palästina, in Nordirland, in Südamerika, in den hochindustrialisierten Staaten, Logistik, Personen, Bekämpfung und Folgen.

Ende. Fertig ist das Buch.

Doch so einfach ist das nicht, wenn wegen der persönlichen Freundschaft – liegt sie nun auch zurück – die Distanz aufgehoben ist, die das Beurteilen, das Einordnen und auch das Verurteilen leichtmacht. Bei intellektueller Redlichkeit habe ich nicht die Möglichkeit, Dich in eine der herumstehenden Schubladen zu verpacken.

Solange ich Dich nicht als krank und neurotisch, als Psychopathen, Mordbrenner, Linksfaschisten, Soldat eines weltumspannenden Terrors, Bestie oder wie auch immer abtun und damit fixieren will, um besser auf Dich eindreschen zu können, werde ich weiter auf der Suche sein. Auch nach einem Konzept für diesen Brief.

Was ich bisher geschrieben habe, die Gedankensplitter und flüchtigen Erinnerungen, die Randbemerkungen und Beobachtungen, soll letztlich durch das Aufschreiben gleichsam wie Ballast abgeworfen oder wie eine Barriere weggeräumt werden, um überhaupt erst freizukommen und den Weg zu öffnen. Es sind Ansätze und Versuche, einen Einstieg zu dem Gespräch mit Dir zu finden, in dem Du Dich mir und dem Du Dich selbst nicht entziehen kannst.

Es bleibt mir nichts anderes. Ich habe noch nicht einmal die Gewißheit, am Ende nicht doch noch resignieren zu müssen. Was das Ende einer weiteren Beziehung wäre.«

Natürlich spielt in diesem Bereich der Literatur die Moral eine heftige, manchmal verhängnisvolle Rolle. Die Ironie, die Distanz, die geduldige Suche nach dem einzig richtigen Ausdruck für eine Situation sind nicht das Wichtigste, wenn es darum geht, der subjektiven Wahrheit auf die Sprünge zu helfen.

Das Bürgerliche in der Literatur aber wartete listig und freundlich in einer Nische, bis alle den Hals bis oben voll hatten von der Literatur, die so in die Nähe des Lesers rücken wollte, bis der den Schweiß förmlich riechen mußte. Aber war das wirklich so? Ein wirklicher Bestseller der achtziger Jahre macht sich nicht einmal den Ansatz solcher Gedanken. Da schreibt ein Mädchen sich selber (und einem bedauernswerten Knaben namens Arne) so hinterdrein, daß Sprache und Gedanken ihr nicht nur gelegentlich ins Rutschen kommen und dem Leser die Weinerlichkeiten und schiefen Bilder nur so um die Ohren fliegen. Und doch: Dieses Buch schien die Stimme einer ganzen Generation zu werden, ein Fräulein Werther aus der

WG-Wohnküche, wenn Sie mir den etwas unverschämten Vergleich erlauben. Was war geschehen? Haben mehr als eine Million (wir kommen auf diese erstaunliche Zahl, wenn wir für jedes verkaufte Buch nur zwei Leser annehmen), haben also mehr als eine Million Jugendliche aufgeschrien im einhelligen Jubel: So ist es mir auch gegangen? Sind sie mit Befriedigung in ein Leben gekrochen, das so dehnbar und beliebig beschrieben war, daß geradezu jeder hineinpaßte? War es wirklich eine solche Freude, auf jeder Seite das Wort Emanzipation mit zwei »n« geschrieben zu sehen? Deckt ein solches Buch jene Bedürfnisse, die einst weniger von Hedwig Courts-Mahler, mehr von Eugenie Marlitt befriedigt wurden? Von all dem etwas und noch etwas mehr.

Es gibt davon ja auch anspruchsvolle Weiterführungen wie die Radikalegozentrik des blutdürstigen Rainald Goetz, eine Art Playmobil-Dracula, wie die Autorin, die ich jetzt kurz vorstellen will, die Femme fatale der achtziger Jahre zu sein scheint. Ich habe darüber nicht zu befinden. Es ist mir furchtbar fremd, im Wortsinne, aber es darf und muß jede Literatur geben, auch die fremdeste. Wohin sie führen mag – eine Prophetin bin ich nicht. Sie kann in der Sackgasse landen, in der die littérature-vérité der siebziger Jahre schon lange ist.

»Habe mich ein bißchen in Michi verknallt. Der keine Freundin hat. Nehme von Mivo Abstand, weil ich endlich was Vernünftiges will. Nicht wieder Zweitfrau sein.

Michi, mit dem ich seit Wochen jeden zweiten Abend 'n Termin zusammen hab. Der mir am Anfang gar nicht aufgefallen ist, weil er so blond und farblos aussieht. Fast jeden Tag irgendwas zusammen. Und das in der Zeit, wo ich zum erstenmal praktisch politisch arbeite. Jede Auseinandersetzung mit ihm führe. Die Gespräche mit ihm für mich und meine ersten zaghaften politischen Schritte so wichtig sind.

Mit Michi auf der Fete. Gespräch mit ihm und einem anderen Typen über China. Der andere Typ meint, daß Kommunismus Scheiße ist, weil in China die Frauen mit 26 noch Jungfrau sind. Wörtlich sagt er: ›Du kannst mir doch nicht 'ne Frau anbieten, die mit 26 noch Jungfrau ist.‹

›Ich biete dir gar keine Frauen an‹, sagt Michi.

Mir wird ganz warm. Ich flippe aus. Wie er das gesagt hat. Ein Mann, der Frauen ernst nimmt. Er geht mit mir nach Hause. Schläft mit mir. Ich finde es schön mit ihm. Bin total verknallt. Es stört mich nicht, daß ich mal wieder keinen Orgasmus gehabt habe und den Typen das gar nicht interessiert. Ich bin verknallt, das reicht mir. Es sind ja auch *meine* Orgasmusschwierigkeiten. *Meine* Unfähigkeit. Am Morgen meckert er über die Margarine und den Käse, den ich im Haus habe. Ich bin glücklich, daß ich nach einer ›Nacht mit ihm‹ zusammen frühstücken kann. Will ihn umarmen. Er macht sich steif. Keinerlei Zärtlichkeit, kein Wort. Ich umarme ihn. Er meckert über die Mackerine. Scheiß-Makker. Geht nach Hause. Ich gehe zum Termin. Vorbereitung einer Aktion gegen einen reaktionären Dozenten. Sitze zwischen den anderen Genossen. Kann der Diskussion nicht folgen. Nach dem Termin rufe ich mittags gleich Michi an. ›Ich würd gern mit dir reden.‹

Sagt der Typ doch in einem Tonfall, als ob's um Sinuskurven oder rechte Winkel geht: ›Ja? Worum geht's denn?‹

Ganz freundlich sagt er das, als wenn er sich überhaupt nicht denken kann, was eine Frau von ihm will, die er nachts bumst und morgens nicht mehr anfaßt.

›Es geht darum… es ist wohl so, daß wir da mit unterschiedlichen Erwartungen rangegangen sind, und da wollt ich gerne mit dir drüber reden.‹

Ich bin ja wohl nicht ganz dicht. Anstatt ins Telefon zu schreien: Du Scheiß-Macker. Ich hab mich in dich verliebt, und du hast mich nur gebumst, du Schwein!

Nein, da hat frau gelernt, ganz ruhig und sachlich was von ›unterschiedlichen Erwartungen‹ ins Telefon zu theoretisieren. Emannzipation.

Nach der ›Strauß in China‹-Veranstaltung fragen die anderen Genossen ihn, ob er mit 'n Bier trinken kommt. Er macht es davon abhängig, ob ich mitkomme. Wie fortschrittlich von ihm, daß er das Gespräch mit mir über das Bier mit den Genossen stellt…

Erzählt mir was von Fixierung und Freiheit. Daß es da noch zwei, drei andere Frauen gibt, mit denen er ab und zu mal…

Ich höre nichts mehr. Mich will keiner. Ich alleine reiche keinem Mann. Bin nicht gut genug, als daß einer mit der Beziehung zu mir zufrieden sein könnte. Mann braucht andere Frauen neben mir. Zweierbeziehung ist reaktionär. Ich darf nicht eifersüchtig sein. Man darf sich nicht so aufeinander fixieren. Und bumsen ist doch gar nichts Besonderes.«

Zum Schluß, und Sie werden denken, daß nichts weniger passend sein kann als dies, ein Text über ein Ich. Ein sehr anderer Text über ein Ich. Da ist nichts zu vergleichen, und darum geht es mir auch gar nicht. Ich lese ihn nur, weil er mir als ein Beispiel dafür erscheint, daß es möglich ist, die Welt ins Ich zu pressen und eine neue Welt daraus hervorzubringen. Der Text wird Ihnen dunkel sein, nicht gemütlich, er schleudert mit fremden Worten um sich – kurz, er ist anstrengend wie sein Autor. Es ist diese Anstrengung, die doch mühelos daherkommt, die mich immer wieder gefangennimmt. Der Text strengt sich an, aufs äußerste, und er strengt auch mich an, die Leserin Jahrzehnte später. Er geht um ein Ich, genau gesagt, ein lyrisches Ich. Von den Froschtümpeln des Ansich-selber-entlang-Erzählens ist er sternenweit entfernt. Zum Kuscheln ist er nicht, und wenn man sich in diesen Wörtern wiederfindet, ist das eine schmerzhafte Angelegenheit. Ich hätte aber den Tag nicht beschließen mögen ohne ein Beispiel, das zeigt, wie weit Literatur gehen kann, auch wenn ihr Gegenstand das Ich ist: nur das Ich.

Gottfried Benn:

»Aber jetzt stürze ich mich in die Flut, lasse die Wogen über mir zusammenschlagen – soll die Dichtung das Leben bessern? –, ich atme diese humane, diese idealistische, hoffnungdurchtränkte Essenz in mich ein. Aber, frage ich mich sofort, wie kann denn einer, der dichtet, noch einen Nebensinn damit verbinden? Wer dichtet, steht doch gegen die ganze Welt. Gegen heißt nicht feindlich. Nur ein Fluidum von Vertiefung und Lautlosigkeit ist um ihn. An den Tischen mag geschehen, was will, jeder seine persönlichen Liebhabereien haben, Karten spielen, essen, trinken, selig sein, von seinem Hund erzählen, von Riccione – sie stören ihn nicht, und er stört sie nicht. Er dämmert, er hat Streifen um sein Haupt, Regenbogen, ihm ist wohl. Er will nicht verbessern, aber er läßt sich auch nicht verbessern, er schwebt. Oder er sitzt zu Hause, bescheidene vier Wände, er ist kein Kommunist, aber er will kein Geld haben, vielleicht etwas Geld, aber nicht im Wohlstand leben. Also sitzt er zu Hause, er dreht das Radio an, er greift in die Nacht, eine Stimme ist im Raum, sie bebt, sie leuchtet und sie dunkelt, dann bricht sie ab, eine Bläue ist erloschen. Aber welche Versöhnung, welche augenblickliche Versöhnung, welche Traumumarmung von Lebendigem und Toten, von Erinnerungen und Nichterinnerbarem, es schlägt ihn völlig aus dem Rahmen, es kommt aus Reichen, denen gegenüber die Sterne und Sonnen Gehbehinderte wären, es kommt von so weit her, es ist: vollendet.

Ein beladener Typ! Sie können wahrscheinlich noch über manches nachdenken: L'art pour l'art, Kausalität, Indochina, er kann dasnicht mehr, die Welt mag sein, wie sie will, sie geht vorüber, aber er heute auf diesem Breitengrad, dem dreiundfünfzigsten, Durchschnittstemperatur im Juli 19,8, im Januar 0,5 Grad, muß seinen Weg abschreiten, seine Grenzen erleben – *Moira*, den ihm zugemessenen Teil. Arbeite, ruft er sich zu, du hast siebzig Jahre, suche deine Worte, zeichne deine Morphologie, drücke dich aus, übernimm ruhig die Aufgabe einer Teilfunktion, die aber versorge ernstlich. Valéry hatte gesagt, der Vollmensch stirbt aus, heute müßte man sagen, der Vollmensch ist ein dilettantischer Traum, eine voluminöse Allheit, eine archaische Erinnerung. Das Zeitalter Goethes hat ausgeleuchtet, von Nietzsche zu Asche verbrannt, von Spengler in die Winde verstreut – glimmend und schwelend ist die Luft, aber nicht von Johannis- oder Kartoffelfeuern, vielmehr von den brandigen Scheiten der Kulturkreislehre, der eine Kreis versinkt, ein anderer steigt auf, und wir sind die Puppen und Chargenspieler in diesen solaren Stücken.

Wie schön wäre es für einen, der Dichtung machen muß, wenn er damit irgendeinen höheren Gedanken verbinden könnte, einen festen, einen religiösen oder auch einen humanen, wie tröstlich wäre das für seinen Geheimsender, der die Todesstrahlen ausschickt, aber ich glaube, daß vielen kein solcher Gedanke tröstend zuwächst, ich glaube, daß sie in einer erbarmungslosen Leere leben, unablenkbar fliegen da die Pfeile, es ist kalt, tiefblau, da gelten nur Strahlen, da gelten nur die höchsten Sphären, und das Menschliche zählt nicht dazu.

In dieser Sphäre entsteht die Dichtung. Und damit treten wir vor das Problem der monologischen Kunst. Das Gedicht ist monologisch. Diese Behauptung ist keine Konstitutionsanomalie von mir, auch jenseits des Atlantiks finden wir sie vertreten. In den USA versucht man auch die Lyrik durch Fragebogen zu fördern, man sandte einen solchen Fragebogen an vierzehn Lyriker in den USA, die eine Frage lautete: An wen ist ein Gedicht gerichtet? Hören Sie, was ein gewisser Richard Wilbur darauf antwortete: Ein Gedicht, sagt er, ist an die Muse gerichtet, und diese ist unter anderem dazu da, die Tatsache zu verschleiern, daß Gedichte an niemanden gerichtet sind. Das Gedicht, die Lyrik ist für unsere Frage der beste Test. Ein Gedicht ist immer die Frage nach dem Ich, und alle Sphinxe und Bilder von Sais mischen sich in die Antwort ein. Also der atlantische Kulturkreis heute und hier: Das moderne Gedicht, das absolute Gedicht ist das Gedicht ohne Glauben, das Gedicht ohne Hoffnung, das Gedicht an niemanden gerichtet, ein Gedicht aus Worten, die Sie faszinierend montieren. Und doch kann es ein überirdisches, ein transzendentes, ein das Leben des einzelnen Menschen nicht verbesserndes, aber ihn übersteigerndes Wesen sein. Wer hinter dieser Behauptung und dieser Formulierung weiter nur Nihilismus und Laszivität erblicken will, der übersieht, daß noch hinter Faszination und Wort genügend Dunkelheiten und Seinsabgründe liegen, um den Tiefsinnigsten zu befriedigen, daß in jeder Form, die fasziniert, genügend Substanzen von Leidenschaft, Natur und tragischer Erfahrung leben. Überblicken Sie Ihren Weg: durch die Jahrtausende den religiösen Weg und den dichterisch-ästhetischen Weg: Die ganze Menschheit zehrt von einigen Selbstbegegnungen, aber wer begegnet sich selbst? Nur wenige und dann allein.

Also, werden Sie nun vielleicht denken, der Redner beantwortet die an ihn gestellte Frage schlechtweg negativ. Nein, das tut er nicht. Die Dichtung bessert nicht, aber sie tut etwas viel Entscheidenderes: sie verändert. Sie hat keine geschichtlichen

Ansatzkräfte, wenn sie reine Kunst ist, keine therapeutischen und pädagogischen Ansatzkräfte, sie wirkt anders: Sie hebt die Zeit und die Geschichte auf, ihre Wirkung geht auf die Gene, die Erbmasse, die Substanz – ein langer innerer Weg. Das Wesen der Dichtung ist unendliche Zurückhaltung, zertrümmernd ihr Kern, aber schmal ihre Peripherie, sie berührt nicht viel, das aber glühend. Alle Dinge wenden sich um, alle Begriffe und Kategorien verändern ihren Charakter in dem Augenblick, wo sie unter Kunst betrachtet werden, wo sie sie stellt, wo sie sich ihr stellen. Sie bringt ins Strömen, wo es verhärtet und stumpf und müde war, in ein Strömen, das verwirrt und nicht zu verstehen ist, das aber an Wüste gewordene Ufer Keime streut, Keime des Glücks und Keime der Trauer, das Wesen der Dichtung ist Vollendung und Faszination.

Und damit Sie sehen, wie ernst die Situation ist, der ich Ausdruck zu verleihen mich bemühe, schließe ich mit einem Vers von Hebbel, in dem Sie auch das Wort hören, das meinem Stil fremd ist, das aber viele von Ihnen vielleicht erhoffen, es ist ein Vers aus dem Gedicht ›An die Jünglinge‹, er lautet:

> Ja, es werde, spricht auch Gott,
> denn er macht den nicht zum Spott,
> und sein Segen senkt sich still,
> der sich selbst vollenden will.«

IV

Gedichte – politisch

Man kann über Literatur und Engagement nicht reden, ohne auf die Lyrik zu kommen. Wie in einem Schrei konzentriert, läßt ein Gedicht eine Situation aufscheinen, ein Gedicht kann Kassiber sein, Trost, es kann der einzige Freund sein. Wir sprechen heute vom politischen Gedicht, aber was ich sagte, trifft nicht nur auf dieses zu. Ironisch habe ich auf die Ankündigung gesetzt: Mit Übungen zum Auswendiglernen. Eigentlich aber habe ich diese Anregung ernst gemeint. Das Gedicht, oder eine Handvoll davon, immer verfügbar zu haben, kann in manchen Lebenslagen wichtiger sein als, sagen wir, eine Kopfwehtablette oder ein Schweizer Armeemesser. Gedichte sind Schutz, Begleiter, Beschwörungsformel. Sie sind ironisch, tragisch, offen oder hermetisch: Aber sie müssen *stimmen*. Der literatursüchtige Mensch kann Gedichte anprobieren wie Kleider: Eins oder mehrere werden ihm haargenau passen, sitzen »wie eine zweite Haut« – man wußte gar nicht, wie man ohne sie ausgekommen ist. Mit den Lebensaltern kann sich das ändern, muß aber nicht. Gedichte, die einen wärmten, können mürbe werden, jene, die früher kratzten oder zu groß waren, erweisen sich plötzlich als wunderbar passend. Ich will mich übrigens auch bei diesem Thema nicht aufs literaturwissenschaftliche Eis locken lassen – gerade hier scheint es mir nämlich besonders dünn, und ich habe ja auch (nicht anders als bei meinen vorhergehenden Anregungen) nur den Wunsch, Sie zum Lesen zu verführen. Vielleicht eben auch zum Auswendiglernen. Es gibt keinen Kopf, in den nicht wenigstens ein Gedicht reingeht. Die politischen Gedichte, von denen wir heute sprechen wollen, haben Gemeinsamkeiten. Sie alle, alle ausnahmslos, wären nicht so entstanden, hätte es das Barbarenreich der Nazis nicht gegeben und das, was ihm vorausging. In den Gedichten von Ernst Toller und Erich Mühsam wird ganz gegenwärtig, was die Deutschen sich immer wieder vom Leib zu halten suchen. Einem Gedicht kann man, wir werden es hoffentlich sehen, schwerer entrinnen als irgendeiner anderen literarischen Äußerung. Beiden, Toller und Mühsam, hat der Feind das Leben nicht gelassen. Aber vielleicht lese ich Ihnen erst einmal zwei oder drei Beispiele vor.

Mühsam, mit dem ich beginne, war eigentlich ein Satiriker, ein heiterer Mensch, der das Leben und Menschen und Tiere liebte. Die leichte Liedform, das Bänkelsängerhafte, legte sich eng um den Schrecken, den sie besang. Das übrigens ist merkwürdig, daß sich die scheinbar leichtfertige Form gut eignet, um dem Unsäglichen lyrisch beizukommen.

Ein Droschkenkutscher flucht. Ein Marktweib
kreischt.
Zwei Hunde, die vor einem Obstkarrn schleifen,
vergehn vor Durst. Ein Schutzmann hoch zu Roß
sieht schwitzend auf das Straßenhasten nieder.
Er sieht – doch weiß er nicht – wie sich der Troß,
der leben will, einander grimmig fleischt.
Er weiß nicht mehr, was man ihn einst gelehrt:
Liebt Mensch und Tier! – Seid alle Freunde, –
Brüder! –
Was schert's ihn, ob sie hungern, dürsten,
keifen! – – –
O säß ein Dichter doch auf seinem Pferd!

Durch Ekel fahr' ich meinen Lebenskarren.
Der Kutschbock kracht. Es ist ein elend Holpern.
Die Gäule, die man Jahre heißt, sie stolpern
in faulem Trott, und alle Fugen knarren.

Aus ungeölten Speichen quiekt mein Gott –
kein Witz hilft, den ich in die Deichsel träufel! –
So klappert's durch die Welt. – Als Hüh und Hott
keif' peitschend ich den Mähren zu: Pfui Teufel!

Curt Siegfried

Freitod am 30. Juli 1903

Nur die Besten fahren zur Hölle;
denn nur die Besten können leiden,
und nur die Besten wissen zu scheiden
und finden den Weg aus dem Erdgerölle. – –

Du fandst deinen Weg, mein mutiger Flieher!
So laß denn die Vetteln um dich flennen,
die Erdendrescher und Himmelszieher,
die nicht wissen, wo Höllen brennen.

Die Sterbensängste, die jene blenden,
du knalltest sie stark und sieghaft tot. –
Fahr hin, wo die Flamme den Besten loht:
zu den trunkenen goldenen Höllenbränden!

Gebrauchsanweisung für Literarhistoriker

Glaubt ihr mich wert, für künftige Studenten
im Namensalmanach »Wer war's?« vermerkt zu
stehn, –
ich lächle schon – doch mag's geschehn:
die Manen zehren gern von Ruhmesrenten.
Laßt die Magister literarischer Seminare
der Verse Rhythmen metrisch spalten,
Symbol-Metaphern unters Prisma halten
und Rühmens machen von der Dichterware,

die Zeugnis gibt poetischen Charakters,
wie sie teils griechisch-schlicht, teils in getragner
Gotik
serviert wird, – wenn auch leider die Erotik
oft recht obszön scheint, daß so leicht nichts
Nackters
sich findet in der deutschen Lit'ratur;
dies ist betrüblich, – andrerseits
lockt doch auch dieser Muse Formenreiz
und führt bisweilen gar auf ernster Liebe Spur.
Da sieht man, wie aus Herzverdruß
sich des Poeten echte Seufzer ringen,
beziehungsweise, wie Humore schwingen
(zwar häufig bittre) aus der Liebe Ungenuß. – –
So mag, was mein intimes Sein bewegte,
bei Hörern und bei Hörerinnen,
mein Lieb- und Leiden Sympathie gewinnen,
wie auch, daß mir der grelle Mondschein Furcht
erregte ...
Nun aber räuspern sich die Professoren:
De mortuis nihil nisi bene!
Doch – tief bedauerlich – es geben jene
ein Quantum wieder meines Ruhms verloren:
Der Dichter, von des Tages Eitelkeit verblendet,
hat manchmal sein beachtliches Talent
– kopfschüttelnd rügt es der Privatdozent –
auch an der Gosse Mobinstinkt verschwendet
und hat in solchen trüben Sphären
mit übeln Kampfgesängen Triebe aufgerührt,
die, hätte sie die Hetze nicht verführt,

dem Bürger nie zur Pein geworden wären ...
Statt poesievoll alle Menschen zu versöhnen,
schürt er – dies hüllt sein Licht in Schatten –
den Haß des Hungerpöbels auf die Satten,
die Kunst entweihend mit politischen Tönen.
So traf – der Wahrheit sei die Ehre! –
ihn, den wir gern als Zierde des Parnasses nennten
– und ein umflorter Blick streift die Studenten –,
die Strafe der Justiz mit wohlverdienter Schwere.
In den Annalen der politischen historia
wird drum, als Schädling unsres Staats,
der Name aufbewahrt, – der eines Herostrats;
ein Warnungsmal: sic transit mundi gloria!
Hingegen wir, wir unpolitischen Ästheten,
wir kennen und verdammen freilich seine Schmach –
doch unser Musenalmanach
vermerke immerhin den lyrischen Poeten ...

Soll das der Nachruhm sein, der mir beschieden? –
Es sei: Mein Name gilb in Listen
form- und gemütbegeisterter Seminaristen,
mit einem Schandkreuz angemerkt. – Ich bin's
zufrieden.
Sonst sei er ausgelöscht im Weltgedächtnis.
Auch sei, was ich von Mond und Mädchen je
gedichtet,
für Dissertationen im Archiv geschichtet:
das Tote ist dem Leben kein Vermächtnis! ...
Doch, blieb aus meinem Freiheitsruf ein Reim,
ein einziger, lebendig bei Rebellen, –

gelang ein Wort mir, Dumpfheit zu erhellen,
so kehr mein Name gern zum Lethe heim.
Denn: färbt ein weißes Blütenblatt sich rot
vom Blute meiner Leidenschaft –
ein einziges auf dem Feld, wo junge Kraft
den Sieg erkämpfen soll, – so ist mein Werk nicht tot!
Es lebt im Hauche, den es stärkend trug
zum Kampf der Jugend. – – Name nicht, noch Wort, –
der Geist, der wirkende lebt fort!
Darf meiner Freiheit wirken, ist's mir Ruhm genug.

Mein Testament

Und hab' ich einst vollendet,
dann scharrt den Mühsam ein.
Ein Tränlein noch gespendet, –
ein Gruß ins Grab gesendet, –
darauf ein Leichenstein:
Sanft modre dein Gebein!

Und wenn ein Jahr verflossen,
dann, die ihr lauft und hinkt,
Zechbrüder und Genossen!
Der Tag sei froh begossen!
Ein blanker Tropfen blinkt. –
Mir zum Gedächtnis: Trinkt!

Ihr sollt Bescheid mir geben,
das ist mein letzt Gebot.
Die Becher sollt ihr heben:
Laßt meinen Leichnam leben! –
Vorbei ist alle Not! – –
Hoch Mühsam! – Hoch der Tod!

Die Märtyrer des Widerstandes gegen den Faschismus drohten zu Ikonen der Studentenbewegung zu werden, wenn überhaupt gelesen, dann unkritisch und feierlich. Zu niemandem paßte das schlechter als zu Mühsam oder Toller, auf den wir später noch kurz kommen werden. In dem schönen, frechen Büchlein von Ben Hecht *Die Revolution aus der Teekanne* werden die Heroen der zwanziger Jahre, auch diese beiden, aus eigener respektloser Anschauung des damals ganz jungen Amerikaners auf ein sehr menschliches Maß zurückgestutzt.

Aber daß sie Träumer und Spinner waren – wen wundert es? Und eine Geschichte, die Zenzl Mühsam erzählte, Erich Mühsams Frau, macht einen doch wieder ganz stumm, auch wenn man vorher über die Verrücktheiten der Münchner Räterepublik und der Revolution in Berlin den Kopf geschüttelt hat. Zenzl hatte ihren Mann in der Gestapohaft besuchen können, und er erzählte ihr, daß die SS in einer verlassenen Wohnung einen Affen gefunden hatte. Sie hatten das Tier mitgenommen, und weil sie Mühsams Liebe zu Tieren entdeckten, folterten sie den Affen, um Mühsam zu foltern. Das Tier, erzählte Mühsam, habe sich von seinen Peinigern losgerissen und sich zu ihm, dem Zeugen seiner Qualen, geflüchtet. Es habe ihn umarmt und geküßt. Ich kann zu dieser Geschichte nichts sagen, nur, daß wir auch Mühsam lesen sollen, wiederentdecken und ihn nicht tot und ermordet lassen. Jenen ersten Tod zu verhindern war in diesem Land anscheinend niemand fähig. Den zweiten Tod des Dichters können wir verhindern.

Der Dramatiker und Lyriker Ernst Toller wird genannt: selten, gelesen: kaum mehr. Den Kommunisten war er nicht kommunistisch genug, die braven Rechten konnten mit dem freisinnigen Sozialisten sowieso nur eins anfangen: ihn einsperren, verfolgen, ausgrenzen. Seine Lyrik ist davon durchtränkt, seine literarische Heimat aber ist der Expressionismus. Toller war erfolgreich. Trotz fünfjähriger Haft, trotz aller Anfeindungen war da ein Deutschland, das ihn las und seine Stücke bejubelte. Toller war Jude – wie Mühsam. Er entkam. Aber das Leben hat er sich nicht retten können. 1939 hat er sich in New York, in der Emigration, aufgehängt.

Spaziergang der Sträflinge

(Dem Andenken des erschoßnen Kameraden Wohlmuth, München)

Sie schleppen ihre Zellen mit in stumpfen
Blicken
Und stolpern, lichtentwöhnte Pilger, im Quadrat,
Proleten, die im Steinverließ ersticken,
Proleten, die ein Paragraph zertrat.

Im Eck die Wärter träg und tückisch lauern.
Von Sträuchern, halb verkümmert, rinnt ein
trübes Licht
Und kriecht empor am Panzer starrer Mauern,
Betastet schlaffe Körper und zerbricht.

Vorm Tore starb der Stadt Gewimmel.
»Am Unrathaufen wird im Frühling Grünes
sprießen…«
Denkt Einer, endet mühsam die gewohnte Runde,

Verweilt und blinzelt matt zum Himmel:
Er öffnet sich wie bläulich rote Wunde,
Die brennt und brennt und will sich nimmer
schließen.

Die Mauer der Erschossenen

Pietá

Stadelheim 1919

Wie aus dem Leib des heiligen Sebastian,
Dem tausend Pfeile tausend Wunden schlugen,
So Wunden brachen aus Gestein und Fugen,
Seit in den Sand ihr Blut verlöschend rann.

Vor Schrei und Aufschrei krümmte sich die Wand,
Vor Weibern, die mit angeschoßnen Knien
»Herzschuß!« flehten,
Vor Männern, die getroffen sich wie Kreisel
drehten,
Vor Knaben, die um Gnade weinten mit
zerbrochner Hand.

Da solches Morden raste durch die Tage,
Da Erde wurde zu bespienem Schoß,
Da trunkenes Gelächter kollerte von Bajonetten,

Da Gott sich blendete und arm ward, nackt und
bloß,
Sah man die schmerzensreiche Wand in großer
Klage
Die toten Menschenleiber an ihr steinern Herze
betten.

Nächte

Die Nächte bergen stilles Weinen,
Es pocht wie schüchtern Kindertritt an deine
Wand,
Du lauschst erschreckt: Will jemand deine Hand?
Und weißt: Du reichst sie nur den Steinen.

Die Nächte bergen Trotz und Stöhnen,
Und wilde Sucht nach einer Frau,
Die Not des Blutes bleicht dich grau,
Aus Träumen blecken Fratzen, die dich höhnen.

Die Nächte bergen niegesungne Lieder,
In Nachttau blühn sie, samtne Schmetterlinge,
Sie küssen die verborgnen Dinge,

Du willst sie haschen und sie sind verweht,
Kein Weg ist, der zu ihnen geht.
Nie hörst du ihre Melodien wieder.

Ein letztes Mal noch höre ich der Schwalben Lied:

Unter Myriaden Häusern werden wir im Frühling
dieses graue Hafthaus finden
Unter Myriaden Zellen werden wir im Frühling
Deine Zelle finden

Nun habt Ihr mich verlassen, liebste Gefährten Ihr
meiner Haft.
Wie war die Zelle warm von Eurer flirrenden
Melodie, vom Atem Eurer Körperchen, von den
tönenden Ellipsen Eures stürzenden Fluges.
Ihr kosmischen Gefährten meines Sommers,
Geliebteste Ihr,
Fernste,
Nächste,
In demütiger Dankbarkeit
Denke ich Eurer schenkenden Liebe.

Tierchen nennen die Menschen Euch,
Und es schwingt ein Überhebliches in ihrer
Stimme, wenn sie Tierchen sagen.
O über ihre Torheit!
Ich habe gelernt andächtig zu werden vor Eurem
unnennbaren Tiersein.

Bevor nicht die Menschen wiederfinden den
Grund ihrer Tierheit,
Bevor sie nicht sind
Sind
Wird ihr Kampf nur wert sein
Neuen Kampfes,
Und noch ihre heiligste Wandlung
Wird wert sein neuer Wandlung.

Toller hat aus der Ferne des Exils gleichsam jemanden mit in den Tod genommen, den anderen Emigranten Joseph Roth. Die Geschichte, die ich gleich erzählen werde, wurde kürzlich im *Spiegel* – der ja immer alles so ganz genau zu wissen vorgibt – in den Bereich der Legende verwiesen. Es ist keine, es hat sich wirklich so zugetragen, daß Roth in seinem Stammlokal, dem Café Tournon, vom Tod Ernst Tollers, von seinem Selbstmord erfuhr, darauf zusammenbrach und ins Koma fiel, aus dem er nicht mehr erwachte. Vielleicht ist das zuviel Wirklichkeit, die ja bekanntlich unglaubwürdig ist, für den *Spiegel*. Mir hat den genauen Hergang dieses Tages die Wirtin des Tournon, Germaine Alazard, vor fünfzehn Jahren in Paris erzählt. Das Café, in dem Toller und Zweig, Breitbach und Bertaux, Roth und viele andere die Emigration zu ertragen versuchten, gibt es immer noch. Germaine Alazard muß heute eine sehr alte Dame sein, sie verließ Paris damals, vor fünfzehn Jahren, um in den Süden zu gehen. Am Tage ihres Umzugs erzählte sie mir noch, daß sie Roth damals habe die Totenmaske abnehmen lassen. Als die Deutschen in Paris einmarschiert seien, habe sie sie eigenhändig zerbrochen, damit nicht deutsche Hände sie berührten.

Aber, meine Liebe, wird irgend jemand zu Recht sagen: Wo bleibt das Positive? Ja, das ist nun mal bei diesem Thema nicht zu vermeiden, für mich ist natürlich das Positive, daß ich Ihnen ein paar Dichter vorstellen kann, von denen Sie vielleicht sonst nicht viel gehört hätten. Eine lyrische Entdeckungsfahrt, die Stationen sind zahlreicher, als man's in hundert Vorlesungen sagen könnte. Keiner wird am selbständigen Weitersuchen gehindert!

Den nächsten Dichter allerdings wird dieser zweite Tod nicht ereilen, aber ein Mumifizierungsprozeß ist ihm nicht erspart geblieben. Nähern wir uns also nicht allzu respektvoll dem Denkmal Bertolt Brecht. Lernen wir den Lyriker B.B. kennen. Der ist einer der größten in diesem Jahrhundert. Vielleicht wird man eines Tages die Lehrstücke nicht mehr verstehen, vielleicht werden einem seine Dramen stumm (und er wird ja schon jetzt nicht mehr allzuoft gespielt) – seine Gedichte aber sind ein Kontinent, wichtig, aufregend, herzbewegend und ständig neu zu entdecken. Und wenn ich den anfange, vorzulesen, lese ich die Sprache des Exils vor, eine glanzvolle Sprache, jedes Wort ein Schlag ins Gesicht der Barbaren.

Ein Mitnehmebuch...

Kinderkreuzzug

In Polen, im Jahr Neununddreißig
War eine blutige Schlacht
Die hatte viele Städte und Dörfer
Zu einer Wildnis gemacht.

Die Schwester verlor den Bruder
Die Frau den Mann im Heer;
Zwischen Feuer und Trümmerstätte
Fand das Kind die Eltern nicht mehr.

Aus Polen ist nichts mehr gekommen
Nicht Brief noch Zeitungsbericht.
Doch in den östlichen Ländern
Läuft eine seltsame Geschicht.

Schnee fiel, als man sich's erzählte
In einer östlichen Stadt
Von einem Kinderkreuzzug
Der in Polen begonnen hat.

Da trippelten Kinder hungernd
In Trüpplein hinab die Chausseen
Und nahmen mit sich andere, die
In zerschossenen Dörfern stehn.

Sie wollten entrinnen den Schlachten
Dem ganzen Nachtmahr
Und eines Tages kommen
In ein Land, wo Frieden war.

Da war ein kleiner Führer
Das hat sie aufgericht'.
Er hatte eine große Sorge:
Den Weg, den wußte er nicht.

Eine Elfjährige schleppte
Ein Kind von vier Jahr
Hatte alles für eine Mutter
Nur nicht ein Land, wo Frieden war.

Ein kleiner Jude marschierte im Trupp
Mit einem samtenen Kragen
Der war das weißeste Brot gewohnt
Und hat sich gut geschlagen.

Und ging ein dünner Grauer mit
Hielt sich abseits in der Landschaft.
Er trug an einer schrecklichen Schuld:
Er kam aus einer Nazigesandtschaft.

Und da war ein Hund
Gefangen zum Schlachten
Mitgenommen als Esser
Weil sie's nicht übers Herz brachten.

Da war eine Schule
Und ein kleiner Lehrer für Kalligraphie.
Und ein Schüler an einer zerschossenen Tankwand
Lernte schreiben bis zu Frie...

Da war auch eine Liebe.
Sie war zwölf, er war fünfzehn Jahr.
In einem zerschossenen Hofe
Kämmte sie ihm sein Haar.

Die Liebe konnte nicht bestehen
Es kam zu große Kält:
Wie sollen die Bäumchen blühen
Wenn so viel Schnee drauf fällt?

Da war auch ein Begräbnis
Eines Jungen mit samtenem Kragen
Der wurde von zwei Deutschen
Und zwei Polen zu Grab getragen.

Protestant, Katholik und Nazi war da
Ihn der Erde einzuhändigen.
Und zum Schluß sprach ein kleiner Kommunist
Von der Zukunft der Lebendigen.

So gab es Glaube und Hoffnung
Nur nicht Fleisch und Brot.
Und keiner schelt sie mir, wenn sie was stahln
Der ihnen nicht Obdach bot.

Und keiner schelt mir den armen Mann
Der sie nicht zu Tische lud:
Für ein halbes Hundert, da braucht es
Mehl, nicht Opfermut.

Sie zogen vornehmlich nach Süden.
Süden ist, wo die Sonn
Mittags um zwölf steht
Gradaus davon.

Sie fanden zwar einen Soldaten
Verwundet im Tannengries.
Sie pflegten ihn sieben Tage
Damit er den Weg ihnen wies.

Er sagte ihnen: Nach Bilgoray!
Muß stark gefiebert haben
Und starb ihnen weg am achten Tag.
Sie haben auch ihn begraben.

Und da gab es ja Wegweiser
Wenn auch vom Schnee verweht
Nur zeigten sie nicht mehr die Richtung an
Sondern waren umgedreht.

Das war nicht etwa ein schlechter Spaß
Sondern aus militärischen Gründen.
Und als sie suchten nach Bilgoray
Konnten sie es nicht finden.

Sie standen um ihren Führer.
Der sah in die Schneeluft hinein
Und deutete mit der kleinen Hand
Und sagte: Es muß dort sein.

Einmal, nachts, sahen sie ein Feuer
Da gingen sie nicht hin.
Einmal rollten drei Tanks vorbei
Da waren Menschen drin.

Einmal kamen sie an eine Stadt
Da machten sie einen Bogen.
Bis sie daran vorüber waren
Sind sie nur nachts weitergezogen.

Wo einst das südöstliche Polen war
Bei starkem Schneewehn
Hat man die fünfundfünfzig
Zuletzt gesehn.

Wenn ich die Augen schließe
Seh ich sie wandern
Von einem zerschossenen Bauerngehöft
Zu einem zerschossenen andern.

Über ihnen, in den Wolken oben
Seh ich andre Züge, neue, große!
Mühsam wandernd gegen kalte Winde
Heimatlose, Richtungslose

Suchend nach dem Land mit Frieden
Ohne Donner, ohne Feuer
Nicht wie das, aus dem sie kamen
Und der Zug wird ungeheuer.

Und er scheint mir durch den Dämmer
Bald schon gar nicht mehr derselbe:
Andere Gesichtlein seh ich
Spanische, französische, gelbe!

In Polen, in jenem Januar
Wurde ein Hund gefangen
Der hatte um seinen mageren Hals
Eine Tafel aus Pappe hangen.

Darauf stand: Bitte um Hilfe!
Wir wissen den Weg nicht mehr.
Wir sind fünfundfünfzig
Der Hund führt euch her.

Wenn ihr nicht kommen könnt
Jagt ihn weg.
Schießt nicht auf ihn
Nur er weiß den Fleck.

Die Schrift war eine Kinderhand.
Bauern haben sie gelesen.
Seitdem sind eineinhalb Jahre um.
Der Hund ist verhungert gewesen.

Sie alle haben sicher den Satz schon gehört, daß nach Auschwitz keine Gedichte mehr geschrieben werden könnten: Das ist so ein Satz, dem man sich kaum zu nähern wagt, tausendmal zitiert steht er da, ein eiserner Wächter, und dann ist er auch noch von Adorno... Ich habe gestern den Zusammenhang gesucht und fand ihn nicht. Sicher weiß ihn einer der anwesenden Herren Professoren. Denn *so* kann Adorno das nicht gesagt haben oder gemeint: Daß nach Auschwitz andere Gedichte würden geschrieben werden müssen, ist klar. Wie könnte irgend etwas *danach* noch sein wie *vorher*? Aber *keine* mehr? Ich bin der festen Überzeugung, daß es im Gegenteil noch viel zu wenige waren. Den letzten politischen und poetischen Menschen, den ich Ihnen vorstellen will, werden nur wenige von Ihnen kennen. Obwohl er der jüngste von allen ist (oder war) – ein Kind noch während der Nazizeit (Jahrgang 34) –, hätte auch er nicht so geschrieben, wie er es tat, ohne das Trauma der Barbarei. Volker von Törne war ein verwöhntes, privilegiertes Kind, der Sohn eines hohen SS-Offiziers, adlig, nationalsozialistische Eliteschule: solang es dauerte. Nach dem Krieg, im Erwachsenwerden, brachen die Weltbilder über dem jungen Törne zusammen. Der Vater war gefallen.

Vor Jahren habe ich Törne »kennengelernt« – denn als ich seinen Namen zum erstenmal hörte, lebte er nicht mehr. Ich konnte einen Film über ihn machen, einen Film, der ihn dem Vergessen entreißen sollte, ihn, der zu Lebzeiten als Lyriker nicht den großen lauten Erfolg hatte, den er sich doch gewünscht haben wird. Denn der politische Dichter muß das doch wollen: daß seine Lieder auf allen Lippen und seine Zeilen mit den Spatzen auf den Dächern seien.

Das politische Gedicht ist nicht zum Alleinsein gemacht, und ich denke dabei auch an viele, die ich heute hier nicht erwähnt habe, z.B. Biermann,

Kurt Bartsch, natürlich und immer wieder Enzensberger. Die und noch andere stehen durchaus auf meinen Hausaltären, aber ich lese Ihnen jetzt nur den Törne vor, den Sohn eines Nazi-Vaters, den zeitlebens Wiedergutmachenden, der sich im Dienst der »Aktion Sühnezeichen« zerrieben hat, den Dichter, der sich mehr Echo gewünscht hat, den, der keine fünfzig Jahre alt geworden ist. Ich lese ihn vor, weil er so wenig bekannt ist und weil er nicht mehr lebt und weil ich glaube, daß er eine ganz neue Generation von Lesern verdient hat und erobern wird. Und noch etwas, das auf Törne paßt, auf Brecht und viele andere: Der gute politische Lyriker muß gute Liebesgedichte machen können – sonst taugt seine ganze Politik nichts.

Lied von den apokalyptischen Reitern

Es war in der Zeit der Depression:
Ihr Karren kam nicht mehr weiter.
Sie hatten Angst vor der Revolution,
die apokalyptischen Reiter.

Sie wechseln die Knochen. Sie wechseln die Haut.
Sie bleiben doch immer die alten.
Sie heulten sich heiser. Sie brüllten laut:
Erbarmen! Ihr müßt uns behalten.

Sie haben das Abendland ausverkauft
samt Gott und seinen Engeln.
Sie haben sich einen Gaul gekauft.
Sie sagten: Mit kleineren Mängeln.

Sie wechseln die Knochen. Sie wechseln die
Haut.
Sie bleiben doch immer die alten.
Sie haben dem Gaul ins Maul geschaut.
Sie sagten: Den wolln wir behalten.

Sie machten einen mächtigen Krieg.
Ihr Schinder war keine Niete.
Und gab es am Ende auch keinen Sieg:
Es gab doch ganz schöne Profite.

Sie wechseln die Knochen. Sie wechseln die
Haut.
Sie bleiben doch immer die alten.
Ihr habt ihnen wieder ein Haus gebaut,
in dem sie euch niederhalten.

Lied, der Freiheit ein Kind zu machen

Mädchen, willst du Jungfrau bleiben?
Wir sind doch nur einmal jung!
Wolln wirs nicht zusammen treiben
in der roten Dämmerung?

Ei, ich greif dir unters Mieder,
denn ich weiß, das ist dir recht!
Denn du hast ja glatte Glieder
und dein Busen, der ist echt!
(In der roten Dämmerung!)

Manche Herr'n in Bonn am Rheine
haben Köpfe voller Stroh,
aber du hast lange Beine
und die enden irgendwo.
(In der roten Dämmerung!)

Komm, zieh aus die Notstandsröcke!
Mädchen, geh doch endlich fremd,
denn die alten braunen Böcke
sind doch längst schon impotent.
(Und sie enden irgendwo
in der roten Dämmerung!)

Frei wie ein Vogel

1

Ein Dichter bin ich, und ich schreibe
Mir die Dunkelheit vom Leibe
Damit ihr nicht, wie den von Kleist
Mich nackt in eine Grube schmeißt
Bevor aus deutscher Finsternis
Ich mir ein Stückchen Leben riß

2

Ich grüß, getrost auf Messers Schneide
Herrn Walter von der Vogelweide
Der auch in diesem Vaterland
Erst unterm Rasen Ruhe fand
In Würzburg, wo ein Knecht hernach
Des Riemenschneiders Hände brach

3

Ja, Hochverrat und Hirngespinste
Nennt dieses Volk die Schönen Künste
So zog in einen Feuers Rauch
Von dannen Quirin Kuhlmann auch
Ach! endlos ist die Litanei
Des Leids im Lande Vogelfrei

4

O Land der Träumer und der Toten
Die dem Tod die Stirn geboten
Und mußten doch ins Dunkel fliehn
Wie jener Friedrich Hölderlin
Der, daß er unter Deutsche kam
Sich zu sehr zu Herzen nahm

5

Wie in Paris einst Heinrich Heine
So lieg ich schlaflos nachts und weine
O Volk, das sich bei Marschmusik
Dreht um den Hals den eignen Strick
Du hast die Freiheitsmelodien
Deinen Dichtern nie verziehn

6

O Volk der treuen Untertanen
Mit Hakenkreuz und Abgasfahnen
Im Land, das mir einst Heimat war
Mit Apfelbäumen, Mädchenhaar
Das meinen Mund mit Schweigen schlägt
Und das mir doch das Herz bewegt

V

Form schlägt Inhalt, Inhalt schlägt Form

Da hätte ich ein Fragezeichen machen sollen, denn genau das, was im Titel steht, darf nicht geschehen. Gerade bei der Rede, vielleicht besonders bei der pamphletistischen (und das sind die spannenderen Reden eigentlich immer), helfen Form und Inhalt einander. Es geht bei dieser ein wenig abseitigen Form der Literatur (und manche werden sie als Literatur gar nicht gelten lassen) nackt und direkt um die Wirkung. Eine Wirkung, erst unmittelbar auf die Zuhörer, dann die Entfernung durch Erinnerung, die Legendenbildung zum Schluß. Eine große Rede erleidet dasselbe Schicksal wie ein großer Schauspieler: Nach der unmittelbaren Sicht und hörbaren Aktion wird er zur Legende, das Foto, selbst der Film haben den gleichen Stellenwert wie das Nachlesen einer gedruckten Rede. Das Eigentliche fehlt und muß neu erfunden werden. Eine Rede wird erdacht und aufgeschrieben – wie andere Texte auch. Walter Jens hat mal gesagt, man schreibe eine Rede in einer Nacht: Allerdings gehe sie einem vorher wochenlang im Kopf herum. Für die Rede muß ihr Autor etwas beachten, das bei anderen Formen der Literatur (ich möchte fast sagen, leider) nur eine geringe Rolle spielt – er muß den Text auf der Zunge tragen können, der Text darf sich nicht sträuben, er darf nicht in den Zähnen hängenbleiben. Eine Rede muß bis ins letzte ausgedacht – ausgedacht! – sein und darf es sich keine Sekunde anmerken lassen. Man kann seinem Zuhörer in die Augen sehen, man muß es, denn man will etwas von ihm. Die Rede braucht Wirkung. Wir sind dieses Gedankens ein wenig entwöhnt, weil das Anhören und -sehen von Bundestagsdebatten glauben läßt, die Kunst der Rede sei zur sabbernden Soße verkommen. Die Rede ist das Gegenteil des Geredes. Die Mediengesellschaft mit ihrer Tendenz zur leichtverdaulichen, gefahrlosen Fadheit und mit ihrem allgegenwärtigen Geruch nach Lüge favorisiert natürlich das aus sprachlichen Fertigbauteilen zusammengestückelte Gerede. Von diesen Anti-Reden bleiben nie *Gedanken* übrig – wie von einer wirklich großen Rede immer –, sondern nur ein schnell wechselndes Arsenal von merkwürdigen *Wörtern* wie z. B. »Faszinosum« (und von der Jenningerschen Skandalrede ist nicht viel mehr übrig als dieses Wort) oder »gerichtsverwendbar« (bei Kohl über die Rabta-Affäre) – ein Unwort, das sofort wie eine Mykose die ohnehin pilzanfällige Fast-food-Alltagssprache durchzog. Solche Sprachpilze gibt es (weil eben die Kunst der Rede ausstirbt) immer mehr. Der hartnäckigste, den schon niemand mehr als Krankheit wahrnimmt, ist das an sich unscheinbare »sozusagen«. Bis zu neunmal bringen sonst des Wortes mächtige, auch kritische Menschen dieses Unwort in einem einzigen Satz unter. »Sozusagen« durchwuchert mittlerweile den ganzen, auch anderweitig schwer geschädigten Sprachwald. Dies nur nebenbei. Machen wir also, zur Erholung und zum Anfang, einen Ausflug in eine Zeit, in der viel geschrieben und viel vorgetragen wurde. Der Mönch Abraham a Santa Clara war einer der ganz großen Rhetores seiner Zeit, und das Beispiel, das ich Ihnen ausgesucht habe, zeigt aufs schönste, daß eine *Rede* nur eine besondere Form des *Schreibens* sein kann. Wer Reden schreibt, muß Bilder finden, damit er seine Zuhörer erreicht. Er muß (und wird) Sprachschnörkel abtun (was nicht heißen soll, daß Redner wie z. B. Adorno keine Freude an glitzernden Konstruktionskaskaden hatten!), weil er's ja sprechen können muß.

So ist das Schreiben von Reden eine nicht zu verachtende Schule des Schreibens; aber erst einmal Abraham a Santa Clara:

Der alte Hafen scheppert

Der Hafen hat viel Ritz und Spalt
Darumb nicht g'fallt / er bricht gar bald.

»Wer die Welt nennet ein Meer / der nennt sie recht; das Meer hat allerley gefährliche Klippen / Würbl und Sand-Bånck / also auch die Welt / darinnen stosset mancher an eine harte Felsen / sage / an einen harten Kopf an / also / daß sein Gluͤck voͤllig zu Scheittern geht: In dem Meer fressen die grosse Fisch die kleine / so fressen dann auch in der Welt die Menschen untereinander / einer ist dem andern nachstellig und aufsaͤtzig.

Wer die Welt nennet einen Gluͤcks-Hafen / der nennt sie recht / dann aus dem Gluͤcks-Hafen hebt mancher eine goldene Schalen / der andere eine schlechte Pfeiffen / auf gleichen Form ist die Welt eingericht / dieser hebt ein wohleintreffendes gluͤckseeliges Zetl / die meisten aber lauter Falso und Nulla, Nulla, Nulla.

Wer die Welt nennet ein Comoͤdi oder Schauplatz / der nennt sie recht / dann auf diesem Schauplatz agiret bald einer einen Koͤnig / bald einen Bauren / in der Welt wird einer bald erhebt bald unterdruckt / heunt ist er ein Herr / Morgen wieder leer / bald ein Edler / bald wieder ein Bettler.

Wer die Welt nennet einen Garten / der nennt sie recht / dann wie in einen Garten Blumen und Unkraut untereinander / so seynd in der Welt Gute und Boͤse vermischt.

Wer die Welt nennet ein Narrn-Haͤusl / der nennt sie recht / dann nach Aussag des weisen Manns kap. I. 16. Stultorum infinitus est numerus, der Narrn ist eine unendliche Zahl.

Wie aber soll ich die Welt nennen? Holla Welt! ich frag dich? Was vor einen Titl soll ich dir zueignen? Wer bist du? Sags her / hast du es verstanden?

Holla! Die Welt antwortet mir durch den Echo in dem Woͤrtlein Holla! Olla, das heisst auf Lateinisch ein Hafen oder ein Topff / so ist dann die Welt ein irrdischer Topff? Ja / ja / in diesen Topff ist ein wunderliche Allapatrida / wann dann also so kan ich nicht anderst als denen Weibern nachfolgen; wann die Weiber auf den Marck gehen / Kuchl-Geschirr und andere Sachen einzukauffen / so brauchen sie allzeit einen sonderbahren Witz und Verstand / wann sie da und dort ein schoͤnes Geschirr sehen / schoͤn gruͤn glassirt / glaͤntzend / so seynd sie nicht gleich da / nehmen und kauffen solches / tragen es nacher Haus / sondern klopffen vorhero daran / wann es einen Runtz oder abbrechichen Klang hat / da sagen sie: ihr Narrn / der Hafen scheppert ja / hat aber der Topff einen langen klangsamen Klang / so heissts alsobald: der ist gut; Indeme dann GOtt gleich anfangs einen Haffner abgegeben / und ein solches irrdisches Geschirr / nemblich den Erdboden verfertiget / so glaube ich gewiß / daß von denen Haͤnden des Goͤttlichen Haffners dieses Geschirr in aller Vollkommenheit seye ausgemacht worden / weilen aber der Adam einen harten Apfel hat lassen durchfallen / so zweiffle ich / ob es noch in voriger Gestalt seye: Welt! was bist du? sag an / Holla! Olla, bey meiner Treu der Hafen scheppert / vorwahr gantz ein kurzer Klang / modicum, dieses bekennet Benedictus, und darumb / sagt er / hab ich diesen Hafen nicht geacht / sondern nur ausgelacht. Daß dieser grosse irrdische Topff scheppert /

sagt darzu / ja: Hieronymus, Bernardus, Franciscus, Onuphrius, Paulus der Eremit, Antonius und unzahlbare andere / welche alle diesen gebrechlichen Topff verlassen / und in die abgelegniste Einoͤde geflohen.

Es ist einstens ein Spannier mit gantz langsamen und gravitaͤtischen Schritten uͤber ein Eyß gegangen / es ware aber das Eyß an ein oder andere Ort schon ziemlich zerspalten / dahero er unversehens durch das Eyß in das Wasser geplumpsst / und ihm fast die Hirn-Schalen zerschnitten / wie man ihn mit grosser Muͤh endlich aus dem Eyß gezogen / schickte man augenblicklich umb einen Barbierer / der wendete den moͤglichsten Fleiß an / und suchte ob nicht etwann dem Hirn ein Schaden geschehen / da er nun lang gesucht / stehet ungefehr ein Narr auf der Seiten / Herrle! Herrle! sagt er / was suchst so lang? Der Barbierer antwortete: das Hirn / ey bey Leib nicht! versetzte der Narr / der Gimpl hat ja kein Hirn / dann wann er ein Hirn gehabt haͤtte / so wurde er vorhero geschaut haben / ob das Eyß gantz ist oder nicht; dieses sag ich auch / derselbe hat kein Hirn der der Welt zu viel traut und auf sie baut.«

Das Barock, die kräftigen Farben liebend (vielleicht, weil sie gegen die Schreckenserinnerungen des Dreißigjährigen Krieges halfen), ist ein Lehrmeister in Anschaulichkeit. Aber nicht nur Volksbeweger (vielleicht auch Verführer) wandten sich der Rede zu – auch die akademische Rede erfuhr, je näher die Aufklärung kam, eine Blüte der Verständlichkeit. Reden, die nichts wollten als sich selbst vorführen, gab es sicher immer und besonders in den Universitäten. Darüber müssen wir nicht weiter nachdenken, denn zu ertragen haben wir das eh oft genug. Fichtes Rede von 1808, genannt die vierzehnte Rede an die deutsche Nation, ist ein Gegenbeispiel. Er *will* etwas, er stellt sich in den Dienst seines Gegenstandes, aber mit allen seinen sprachlichen, formalen und gedanklichen Fähigkeiten. Er hat das, was den Rhetor, den Redenschreiber, auszeichnen muß, will er kein Dampfplauderer sein: kontrollierte, formal gebundene Leidenschaft. Selbst der Ausbruch (lang ist's her, denken wir an die versunkenen Zeiten eines Carlo Schmidt, eines Wehner, einer Marie Lüders) – auch der Ausbruch muß dramaturgisch und formal sitzen. Wenn das nicht der Fall ist, bleibt lediglich ein flaues Gefühl beim Zuhörer zurück. Also Fichte in Berlin, 1808, zur Einheit der deutschen Nation:

»Saget nicht, laß uns noch ein wenig ruhen, noch ein wenig schlafen und träumen, bis etwa die Besserung von selber komme. Sie wird niemals von selbst kommen. Wer, nachdem er einmal das Gestern versäumt hat, das noch bequemer gewesen wäre zur Besinnung, selbst heute noch nicht wollen kann, der wird es morgen noch weniger können. Jeder Verzug macht uns nur noch träger, und wiegt uns nur noch tiefer ein in die freundliche Gewöhnung an unsern elenden Zustand. Auch können die äußern Antriebe zur Besinnung niemals stärker und dringender werden. Wen diese Gegenwart nicht aufregt, der hat sicher alles Gefühl verloren. – Ihr seid zusammenberufen, einen letzten und festen Entschluß und Beschluß zu fassen; keineswegs etwa zu einem Befehle, einem Auftrage, einer Anmutung an andere, sondern zu einer Anmutung an euch selber. Eine Entschließung sollt ihr fassen, die jedweder nur durch sich selbst und in seiner eignen Person ausführen kann. Es reicht hierbei nicht hin jenes müßige Vorsatznehmen, jenes Wollen, irgend einmal zu wollen, jenes träge Sichbescheiden, daß man sich darein ergeben wolle, wenn man etwa einmal von selber besser würde; sondern es wird von euch gefordert ein solcher Entschluß, der zugleich unmittelbar Leben sei und inwendige Tat, und der da ohne Wanken oder Erkältung fortdaure und fortwalte, bis er am Ziele sei.

Oder ist vielleicht in euch die Wurzel, aus der ein solcher in das Leben eingreifender Entschluß allein hervorwachsen kann, völlig ausgerottet und verschwunden? Ist wirklich und in der Tat euer ganzes Wesen verdünnet, und zerflossen zu einem hohlen Schatten, ohne Saft und Blut und eigene Bewegkraft; und zu einem Traume, in welchem zwar bunte Gesichter sich erzeugen und geschäftig einander durchkreuzen, der Leib aber todähnlich und erstarrt daliegen bleibt? Es ist dem Zeitalter seit langem unter die Augen gesagt, und in jeder Einkleidung ihm wiederholt worden, daß man ohngefähr also von ihm denke. Seine Wortführer haben geglaubt, daß man dadurch nur schmähen wolle, und haben sich für aufgefordert gehalten, auch von ihrer Seite wiederum zurückzuschmähen, wodurch die Sache wieder in ihre natürliche Ordnung komme.

Im übrigen hat nicht die mindeste Änderung oder Besserung sich spüren lassen. Habt ihr es vernommen, ist es fähig gewesen, euch zu entrüsten; nun, so strafet doch diejenigen, die so von euch denken und reden, geradezu durch eure Tat der Lüge: zeiget euch anders vor aller Welt Augen, und jene sind vor aller Welt Augen der Unwahrheit überwiesen. Vielleicht, daß sie gerade in der Absicht, von euch also widerlegt zu werden, und weil sie an jedem andern Mittel, euch aufzuregen, verzweifelten, also hart von euch geredet haben. Wie viel besser hätten sie es sodann mit euch gemeint, als diejenigen, die euch schmeicheln, damit ihr erhalten werdet in der trägen Ruhe, und in der nichtsachtenden Gedankenlosigkeit!

So schwach und so kraftlos ihr auch immer sein möget, man hat in dieser Zeit euch die klare und ruhige Besinnung so leicht gemacht, als sie vorher niemals war. Das, was eigentlich in die Verworrenheit über unsre Lage, in unsre Gedankenlosigkeit, in unser blindes Gehenlassen, uns stürzte, war die süße Selbstzufriedenheit mit uns, und unsrer Weise dazusein. Es war bisher gegangen, und ging eben so fort; wer uns zum Nachdenken aufforderte, dem zeigten wir, statt einer andern Widerlegung, triumphierend unser Dasein und Fortbestehen, das sich ohne alles unser Nachdenken ergab. Es ging aber nur darum, weil wir nicht auf die Probe gestellt wurden. Wir sind seitdem durch sie hindurchgegangen. Seit dieser Zeit sollten doch wohl die Täuschungen, die Blendwerke, der falsche Trost, durch die wir alle uns gegenseitig verwirrten, zusammengestürzt sein? – Die angebornen Vorurteile, welche, ohne von hier oder da auszugehen, wie ein natürlicher Nebel über alle sich verbreiteten, und alle in dieselbe Dämmerung einhüllen, sollten doch wohl nun verschwunden sein? Jene Dämmerung hält nicht mehr unsre Augen; sie kann uns aber auch nicht ferner zur Entschuldigung dienen. Jetzt stehen wir da, rein, leer, ausgezogen von allen fremden Hüllen und Umhängen, bloß als das, was wir selbst sind. Jetzt muß es sich zeigen, was dieses Selbst ist, oder nicht ist.

Es dürfte jemand unter euch hervortreten, und mich fragen: was gibt gerade Dir, dem einzigen unter allen deutschen Männern und Schriftstellern, den besondern Auftrag, Beruf und das Vorrecht, uns zu versammeln und auf uns einzudringen? hätte nicht jeder unter den Tausenden der Schriftsteller Deutschlands ebendasselbe Recht dazu, wie du; von denen keiner es tut, sondern du allein dich hervordrängst? Ich antworte, daß allerdings jeder dasselbe Recht gehabt hätte, wie ich, und daß ich gerade darum es tue, weil keiner unter ihnen es vor mir getan hat; und daß ich schweigen würde, wenn ein anderer es früher getan hätte. Dies war der erste Schritt zu dem Ziele einer durchgreifenden Verbesserung, irgendeiner mußte ihn tun. Ich war der, der es zuerst lebendig einsah; darum wurde ich der, der es zuerst tat. Es wird nach diesem irgendein anderer Schritt der zweite sein; diesen zu tun haben jetzt alle dasselbe Recht; wirklich tun aber wird ihn abermals nur ein einzelner. Einer muß immer der erste sein, und wer es sein kann, der sei es eben!«

Reden beeinflussen, auch wenn das gesprochene Wort längst verklungen ist, auch wenn von Stimme und Intonation, von Gefühl, Wahrhaftigkeit oder deren Gegenteil – Reden der großen Lügen gab es, wenn da auch die Politiker unangefochten an der Spitze stehen – nicht einmal mehr Überlieferungen bekannt sind. Von Demosthenes mit dem Stein unter der Zunge, wie er gegen das Meer anschreit, bis zu Churchill, der seinem Volk »Blut, Schweiß und Tränen« verspricht: Das sind mächtige Bilder der Erinnerung. Wir kommen in weitem Bogen zurück zu unserer Anfangsfrage am Semesterbeginn. Kann die Literatur die Welt verändern?

Konnten Reden die Welt verändern, jene scheinbar dem Publikum am meisten zu Leibe rückende Literatur? Kurz vor seinem Tode hat Gottfried Benn, der Skeptiker, der von den falschen Rednern der Nazibande kurzzeitig taub gewordene und dann um so hellhörigere Benn, genau darüber eine Rede gehalten, die ich in unsere Reihe hineinnehmen will.

»Meine Generation war lyrisch, über ganz Europa hing dieser Code expressiver Typen, was von ihnen bleiben wird, steht dahin. Ich spreche im folgenden mehr vom Methodischen, von der Entstehungsart des Gedichts. Wahrscheinlich wird das lyrische Ich immer in zwei Formen erlebt, einer zersprengenden und einer sammelnden, einer brutalen und einer stillen, die Rauschmethode kennen beide, man sinkt ins Bodenlose, ins Blutlose, und dann kommen die Andränge mit der Erprobung der Vision. Vorstudien liegen vielfach vor, aber die hätten auch anders verwertet werden können, nun aber kommt die Stunde und belädt sich mit den Bildern. Als ich die ›Morgue‹ schrieb, mit der ich begann und die später in so viele Sprachen übersetzt wurde, war es abends, ich wohnte im Nordwesten von Berlin und hatte im Moabiter Krankenhaus einen Sektionskurs gehabt. Es war ein Zyklus von sechs Gedichten, die alle in der gleichen Stunde aufstiegen, sich heraufwarfen, dawaren, vorher war nichts von ihnen da; als der Dämmerzustand endete, war ich leer, hungernd, taumelnd und stieg schwierig hervor aus dem großen Verfall. An ein anderes Vorkommnis erinnere ich mich aus Brüssel. Ein Septembertag, ich war Oberarzt am Gouvernement und mit einem Auftrag zu einer anderen Behörde geschickt. Die Straße zu gehen war kurz, doch von den Horizonten brach das Dionysische, die Stunde war zerstückt und bronzen, Verbranntes überall, auf ihrer Kuppe hatte ein Feuer gewütet, Jahr und Leben hinüber, das Vorspiel war aus, das Ende nahte, das Opfer, aber man mußte sich fassen –: nur einen Blick noch aus diesem Licht, einen Atem noch aus dieser Stunde – und:

Sieh dieses Sommers letzten blauen Hauch
auf Astermeeren an die fernen
baumbraunen Ufer treiben; tagen
sieh diese letzte Glück-Lügenstunde
unserer Südlichkeit
hochgewölbt –

(Karyatide)

Also auch hier ein durchbrochenes Ich, unter Stundengöttern, fluchterfahren, trauergeweiht. Immer wieder stoßen wir auf eine Form des Ichs, das für einige Augenblicke sich erwärmt und atmet und dann in kaltes amorphes Leben sinkt. In den folgenden Darlegungen (1927) stoßen wir geradezu systematisch auf gewisse fremdartige Begriffe, Komplexe, *ligurische Komplexe*, geprüft auf ihren *Wallungswert*, eben Rauschwert, durch die *Zusammenhangsdurchstoßung*, das heißt die Wirklichkeitszertrümmerung, vollzogen werden kann, um Freiheit zu schaffen für das Gedicht. Keine kranke, eine primitive Form des Ichs, krank kann nicht sein, was so der Methode des Allgemeinen ähnelt: Der Schwellungscharakter der Schöpfung ist evident, in den Fluten, in den Phallen, in der Ekstase, im Produktiven wird es aufgenommen vom lyrischen Ich:

Es gibt im Meer lebend Organismen des unteren zoologischen Systems, bedeckt mit Flimmerhaaren. Flimmerhaar ist das animale Sinnesorgan vor der Differenzierung in gesonderte sensuelle Energien, das allgemeine Tastorgan, die Beziehung an sich zur Umwelt des Meers. Von solchen Flimmerhaaren bedeckt stelle man sich einen Menschen vor, nicht nur am Gehirn, sondern über den Organismus ganz total. Ihre Funktion ist eine spezifische, ihre Reizbemerkung scharf isoliert: sie gilt dem Wort, ganz besonders dem Substantivum, weniger dem Adjektiv, kaum der verbalen Figur. Sie gilt der Chiffre, ihrem gedruckten Bild, der schwarzen Letter, ihr allein.

– Der Chiffre, der schwarzen Letter –: also einem Kunstprodukt! Wir sehen also eine Zwischenschicht zwischen Natur und Geist, wir sehen etwas selber erst vom Geist Geprägtes, technisch Hingebotenes hier mit im Spiele. Verwandelte Welt gegenüber dem Mond, der Busch und Tal füllte und in einer anderen Generation vor zweihundert Jahren das Naturgefühl entdecken ließ! Heute: Stundengötter, Stunden-Ichs unter einer ganz neuen Schöpfungserkenntnis: *die formfordernde Gewalt des Nichts:*

Nun ist solche Stunde, manchmal ist es dann nicht weit. Bei der Lektüre eines, nein zahlloser Bücher durcheinander, Verwirrungen von Ären, Mischung von Stoffen und Aspekten, Eröffnung weiter typologischer Schichten: entrückter, strömender Beginn. Nun eine Müdigkeit aus schweren Nächten, Nachgiebigkeit des Strukturellen oft von Nutzen, für die große Stunde unbedingt. Nun nähern sich vielleicht schon Worte, Worte durcheinander, dem Klaren noch nicht bemerkbar, aber die Flimmerhaare tasten es heran. Da wäre vielleicht eine Befreundung für Blau, welch Glück, welch reines Erlebnis! Man denke alle die leeren, entkräfteten Bespielungen, die suggestionslosen Präambeln für dies einzige Kolorit, nun kann man ja den Himmel von Sansibar über den Blüten der Bougainville und das Meer der Syrten in sein Herz beschwören, man denke dies ewige und schöne Wort! Nicht umsonst sage ich Blau. Es ist das Südwort schlechthin, der Exponent des ›ligurischen Komplexes‹, von enormem ›Wallungswert‹, das Hauptmittel zur ›Zusammenhangsdurchstoßung‹, nach der die Selbstentzündung beginnt, das ›tödliche Fanal‹, auf das sie zuströmen, die fernen Reiche, um sich einzufügen in die Ordnung jener ›fahlen Hyperämie‹. Phäaken, Megalithen, lernäische Gebiete – allerdings Namen, allerdings zum Teil von mir sogar gebildet, aber wenn sie sich nahen, werden sie mehr. Astarte,

Geta, Heraklit – allerdings Notizen aus meinen Büchern, aber wenn ihre Stunde naht, ist sie die Stunde der Auleten durch die Wälder, ihre Flügel, ihre Boote, ihre Kronen, die sie tragen, legen sie nieder als Anathemen und als Elemente des Gedichts.

Worte, Worte – Substantive! Sie brauchen nur die Schwingen zu öffnen und Jahrtausende entfallen ihrem Flug. Nehmen Sie Anemonenwald, also zwischen Stämmen feines, kleines Kraut, ja über sie hinaus Narzissenwiesen, aller Kelche Rauch und Qualm, im Ölbaum blüht der Wind und über Marmorstufen steigt, verschlungen, in eine Weite die Erfüllung, oder nehmen Sie Olive oder Theogonien – Jahrtausende entfallen ihrem Flug. Botanisches und Geographisches, Völker und Länder, alle die historisch und systematisch so verlorenen Welten hier ihre Blüte, hier ihr Traum – aller Leichtsinn, alle Wehmut, alle Hoffnungslosigkeit des Geistes werden fühlbar aus den Schichten eines Querschnitts von Begriff.

Ach, nie genug dieses einen Erlebnisses: das Leben währet vierundzwanzig Stunden, und wenn es hochkommt, war es eine Kongestion! Ach immer wieder in diese Glut, in die Grade der plazentaren Räume, in die Vorstufe der Meere des Urgesichts: Regressionstendenzen, Zerlösung des Ichs! Regressionstendenzen mit Hilfe des Worts, heuristische Schwächezustände durch Substantive – das ist der Grundvorgang, der alles interpretiert: Jedes ES *das ist der Untergang, die Verwehbarkeit des Ichs; jedes* DU *ist der Untergang, die Vermischlichkeit der Formen. ›Komm, alle Skalen tosen Spuk, Entformungsgefühl‹ – das ist der Blick in die Stunde und die Glücke, wo die ›Götter fallen wie Rosen‹ – Götter und Götterspiel.*

Schwer erklärbare Macht des Wortes, das löst und fügt. Fremdartige Macht der Stunde, aus der Gebilde drängen unter der formfordernden Gewalt des Nichts. Transzendente Realität der Strophe voll von Untergang und voll von Wiederkehr: die Hinfälligkeit des Individuellen und das kosmologische Sein, in ihr verklärt sich ihre Antithese, sie trägt die Meere und die Höhe der Nacht und macht die Schöpfung zum stygischen Traum: ›Niemals und immer.‹«

Und sicher kommt spätestens jetzt die Frage: Und die Frauen? Was ist mit den Reden der Frauen? Jeder weiß, daß Rosa Luxemburg eine große Rednerin war. Als sie sie totschlugen, 1919, war es nicht zuletzt, um sie ein für allemal »mundtot« zu machen. Ihre Reden und vor allem ihre Briefe empfehle ich dringend zur Lektüre. Die Reden beziehen sich aber naturgemäß auf die politischen Ereignisse der damaligen Zeit, und die hätten Gegenstand einer eigenen Vorlesung sein müssen. Die zur Zeit berühmtesten Reden allerdings (von Frauen) sind eine Fiktion. Es hat sie nie gegeben. Christine Brückner hat sie großen Frauen der Weltliteratur in den Mund geschrieben. »Wenn Du geredet hättest, Desdemona« – ja, hätten sie! Hätten wir alle nur mehr und leidenschaftlicher geredet…

Ja, dies und das andere, was wir im Lauf der Monate hier besprochen und gelesen haben, könnte helfen: Mit Romanen im Herzen, Gedichten im Kopf und Reden auf der Zunge wären wir gewappnet gegen Verblödung und Korruption, hätten wir sichere Wortstützen im Sprachsumpf, Begriffslampen in der Ausdrucksfinsternis. In die Bücher also! Schlagen Sie die Deckel nicht mehr zu, die ich das Vergnügen hatte aufzuschlagen!

Literaturverzeichnis

Abraham a Santa Clara
aus: A. a S. C.: Der alte Hafen scheppert; in: Deutsche Reden. Teil I: Von Berthold von Regensburg bis Ludwig Uhland. Herausgegeben von Walter Hinderer. Stuttgart: Philipp Reclam jun. 1973 (= Universal-Bibliothek 9672). S. 187-189.

Harriet Beecher-Stowe
aus: H. B.-St.: Onkel Toms Hütte. In der Bearbeitung einer alten Übersetzung. Herausgegeben und mit einem Nachwort versehen von Wieland Herzfelde. Frankfurt am Main: Insel 1977 (= insel taschenbuch 272). S. 138-140.

Gottfried Benn
aus: G. B.: Soll Dichtung das Leben bessern? in: Deutsche Reden. Teil II: Von Ludwig Feuerbach bis Werner Heisenberg. Herausgegeben von Walter Hinderer. Stuttgart: Philipp Reclam jun. 1973 (= Universal-Bibliothek 9679). S. 1045-1048.

Gottfried Benn
aus: G. B.: Lebensweg eines Intellektualisten. In: G. B.: Doppelleben: Zwei Selbstdarstellungen.

Stuttgart: Klett-Cotta 1984 (= Cottas Bibliothek der Moderne 23). S. 40-45.

Heinrich Böll

aus: H.B.: Die verlorene Ehre der Katharina Blum. In: Heinrich Böll Werke. Romane und Erzählungen 5. 1971-1977. Köln: Kiepenheuer & Witsch o.J., S. 393f.

Bertolt Brecht

Kinderkreuzzug. Aus: B.B.: Die Gedichte von Bertolt Brecht in einem Band. Frankfurt am Main: Suhrkamp 1981. S. 833-838.

Johann Gottlieb Fichte

aus: J.G.F.: Vierzehnte Rede an die deutsche Nation. In: Deutsche Reden. Teil I: Von Berthold von Regensburg bis Ludwig Uhland. Herausgegeben von Walter Hinderer. Stuttgart: Philipp Reclam jun. 1973 (= Universal-Bibliothek 9672). S. 371-373.

Klaus Hessler

aus: K.H.: Brief an einen Freund – den mutmaßlichen Terroristen D. Vorwort von F.J. Raddatz. Hamburg: Hoffmann und Campe 1978. S. 44-49.

Bodo Kirchhoff

aus: B.K.: Mittelpunkt des Universums. In: B.K.: Die Einsamkeit der Haut. Frankfurt am Main:

Suhrkamp 1978 (= suhrkamp taschenbuch 919). S. 61-65.

Egon Erwin Kisch

aus: E. E. K.: Der Mädchenhirt. In: E. E. K.: Gesammelte Werke in Einzelausgaben. Band I: Der Mädchenhirt. Schreib das auf, Kisch! Komödien. Herausgegeben von Bodo Uhse und Gisela Kisch. Berlin und Weimar: Aufbau-Verlag 1986. S. 116-118.

Christa Lehmann

aus: Ernst Klee: Christa Lehmann – Das Geständnis der Giftmörderin. Frankfurt am Main: Wolfgang Krüger Verlag 1977. S. 66-69.

Guy de Maupassant

aus: G. d. M.: Fettklößchen. In: G. d. M.: Novellen I. Aus dem Französischen übertragen von Helmut Bartuschek und Karl Friese. Mit einem Nachwort von Hans Hinterhäuser. München: Winkler 1973. S. 39-41.

Svende Merian

aus: S. M.: Der Tod des Märchenprinzen. Reinbek bei Hamburg: Rowohlt Taschenbuch Verlag 1983. S. 85f.

Erich Mühsam

Ein Droschkenkutscher flucht. / *Durch Ekel fahr' ich...* / Curt Siegfried / Gebrauchsanweisung für

Literarhistoriker / Mein Testament. Aus: E. M.: Gesamtausgabe. Band I: Gedichte. Herausgegeben von Günther Emig. Berlin: Verlag europäische ideen A. W. Mytze 1983. S. 6, 7, 9, 379-381, 20.

Joseph Roth

aus: J. R.: Die Geschichte von der 1002. Nacht. In: J. R. Werke. Herausgegeben und eingeleitet von Hermann Kesten. Zweiter Band. Köln: Kiepenheuer & Witsch 1975. S. 1008f.

Bertha von Suttner

aus: B. v. S.: Die Waffen nieder! Mit einem Geleitwort von Willy Brandt und einer Einführung von Friedrich Heer. Hildesheim: Gerstenberg 1977. S. 177f., 180f.

Volker von Törne

Lied von den apokalyptischen Reitern / Lied, der Freiheit ein Kind zu machen / Frei wie ein Vogel
aus: V. v. T.: Flieg nicht fort, mein weißer Rabe. Liederbuch. Berlin: Verlag Harald Schmid 1981. S. 60f., 64, 78f. © Verlag Klaus Wagenbach, Berlin.

Ernst Toller

Spaziergang der Sträflinge / Die Mauer der Erschossenen. Pietá / Nächte / *Ein letztes Mal noch…*
aus: E. T.: Gesammelte Werke. Band 2: Dramen und Gedichte aus dem Gefängnis (1918-1924). Herausgegeben von M. Spalek und Wolfgang Früh-

wald. München: Carl Hanser o. J. (= Reihe Hanser 251). S. 311, 314, 318, 349f.

Martin Walser

aus: M. W.: Ehen in Philippsburg. Frankfurt am Main: Suhrkamp 1985 (= suhrkamp taschenbuch 1209). S. 239-243.

Autorin und Verlag danken den Verlagen für die freundlich gewährten Genehmigungen zum Abdruck der Texte.

Eva Demski
Unterwegs
Erzählungen, Reportagen, Aufsätze
304 Seiten. Fadenheftung
Lesebändchen. Schön gebunden

Klaus Hensel
Oktober Lichtspiel
Gedichte
80 Seiten. Bleisatz, Buchdruck
Fadenheftung. Schön gebunden

Reinhard Kaiser
Der Zaun am Ende der Welt
138 Seiten
Zahlreiche Abbildungen
Fadenheftung. Schön gebunden

Jan Koneffke
Gelbes Dienstrad
wie es hoch durch die Luft schoß
Gedichte
80 Seiten. Bleisatz, Buchdruck
Fadenheftung. Schön gebunden

Jan Koneffke
Vor der Premiere
Erzählung
144 Seiten. Fadenheftung. Schön gebunden